JN153973

科学探偵 謎野真実 シリーズ5

科学探偵 VS.

消滅した島
Holmes Academy

もくじ

悪魔のわらべ歌 24

黒い怪物 62

人食い浜 100

登場人物……6
これまでのあらすじ……8
プロローグ……10

4 人間消滅 148

5 悪魔の正体 184

エピローグ……224

この本の楽しみ方

この本のお話は、事件編と解決編に分かれています。登場人物と一緒にナゾ解きをして、事件の真相を見つけてください。ヒントはすべて、文章と絵の中にあります。

宮下健太

成績もスポーツも中ぐらいの〝ミスター平均点〟。転校してきた真実と仲良くなり、一緒に真実の父を捜す。

青井美希

「スクープ命！」の新聞部部長。健太とは幼なじみ。いつしか、真実や健太とともに行動するように。

登場人物

謎野真実

エリート探偵育成学校・ホームズ学園からの転校生。天才的な頭脳と幅広い科学知識を持つ。「科学で解けないナゾはない」が信条。行方不明になった父・快明を捜している。

謎野快明

真実の父で、ホームズ学園の科学教師。現在、行方不明。

横川

真実たちが訪れた島で出会った謎の人物。快明の行方に関わる何かを知っているようなのだが……。

これまでのあらすじ

謎野真実は、ある島に向かったきり行方不明になった父を捜すため、エリート探偵育成学校・ホームズ学園から、健太たちのいる花森小学校に転校してきた。

快明が島に向かう前に残した手紙には、「ある人物にねらわれている。その人物は、真実もよく知る人物である」

未解決の謎 住人全員が消えた島

1巻 7章

父・快明は、ある島で起こった事件を追っていた。その島では、ある日突然、住人全員が姿を消してしまったのだという。

快明は、事件の真相を探るためにその島に向かい、それきり行方不明になってしまった。

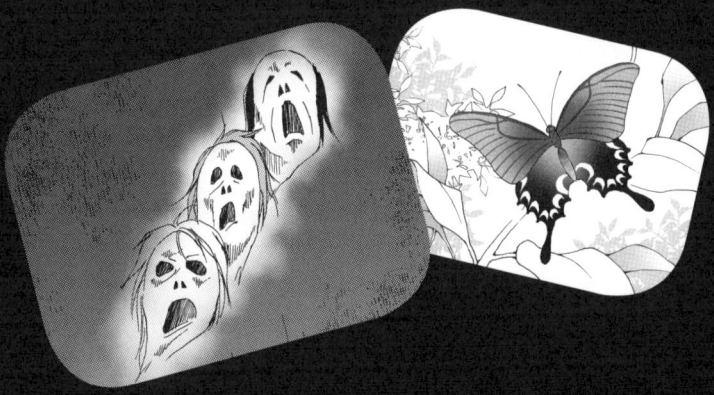

と書かれていた。

また快明は、自分の研究室にひそかに島の場所の手がかりも残していた。それは、中琉球にしかいない貴重な蝶の写真だった。

そして、真実、健太、美希の3人は、中琉球へとやってきた。

住人全員が消えた島と、その島に渡った快明の行方を捜すために……。

生徒全員が消えた幽霊塔

4巻1章

ホームズ学園では、10年前に不思議な事件が起こっている。

世界的に有名な科学者を招き、ホールでおこなわれた特別授業。そのさなかに火災が起こり、科学者も授業を受けていた成績優秀な選ばれし生徒たちも、全員が消えてしまった。

「真実くん、いよいよだね」
謎野真実と宮下健太、青井美希の3人は、中琉球にある、とある島にやってきた。
真実の父・快明が残したオキナワカラスアゲハの写真から、「住人が全員消えた島」が中琉球のどこかにあるとわかった。快明はその島にいるはずだ。
「だけど真実くん、この島が住人が消えた島ってわけじゃないよね？」
「ここではないね」
「健太くん、そんなのまわりを見ればわかるでしょ！」
美希は、あきれたようすで道路を指さした。
道路には、ふつうに人が歩いている。どう考えても「住人が全員消えた島」のわけがない。
「じゃあ、ほかの島ってことかあ」
「もう少し手がかりを見つける必要があるみたいだね」
真実がそう言うと、美希が笑った。
「こういうときは、わたしにまかせて！」

見ると、美希は「取材用」と書かれたノートを持っている。

「わたし、こう見えて新聞部の部長だからね！」

美希は近くを歩いていたおばさんのもとへ駆け寄った。

「すいませ～ん、聞きたいことがあるんですが、住人が全員消えた島って知ってますか？」

美希は近くにいる人たちに次々と声をかけていった。
「確かに、中琉球に住んでいる人なら、何か知ってるかもしれないね」
「よおし！　真実くん、ぼくたちも聞いてみようよ！」
真実と健太も、聞き込みをおこなうことにした。

「住人が消えた島だって？　う、う～ん、そんなの知らないねえ」
「わたしも知らないわ。今、忙しいからもう行っていいかしら？」
「えっ？　そんな島知らないよ。聞いても誰も知らないと思うよ」

1時間ほどが経った。
真実たちは50人以上に声をかけたが、誰も島のことは知らなかった。
「ひとりぐらい知ってると思ったんだけど」
「うわさにもなってないみたいね」
ふと、真実が口を開いた。

「おかしい」
「えっ？　何がおかしいの？」
「健太くん、気づかなかったかい？　みんな、島のことを聞いたとき、一瞬とまどったような顔をしていただろう？」
「そう言われれば……」
みな、言葉につまったり、忙しいと言ってちゃんと話を聞いてくれなかったりした。
「もしかすると、島のことを知っていても、言いたくないのかもしれない」
「真実くん、どういうこと？」
「島の住人が一夜にして全員消えてしまったんだ。そんないまわしい島には、関わりたくないと思っているんだろう」
「いまわしい島……」
「もちろん、理由もなく人が消えるなんてことはありえない。すべては科学で説明できる。島の住人が消えた現象も、ぼくは解いてみせる。だけど……」
真実は町を見つめた。

「これ以上、この島の人たちから情報を聞き出すのは難しそうだね」
その言葉に、健太はう～んとうなってしまった。
「だったら、あそこに行ってみましょうよ！」
美希が明るい表情で言った。
「あそこって？　美希ちゃん、何か考えがあるの？」
「新聞部っていうのは、取材とか聞き込みだけをして記事を書いてるわけじゃないのよ」
「資料を調べる、だね」
「さすが真実くん。そのとおり。この島に到着したとき、わたし、掲示板の島の地図を見たんだけど、『郷土資料館』があったわ」
「郷土資料館か。確かにそこに行けば、何かわかるかもしれない」

真実たちは、郷土資料館にやってきた。
住宅地にある、2階建ての小さな建物だ。
しかし、入り口に「閉館」と書かれたボロボロのプレートがかかっていた。

「もしかして、つぶれちゃったのかな？」
「このボロボロさからすると、かなり前からみたいね。も～、これじゃあ、住人が消えた島の情報が何もわからないじゃない！」
美希はガッカリしながら、建物の前から立ち去ろうとした。
そのとき、風が吹いた。

ギイィィ

入り口のとびらがゆっくりと開く。
「開いてるみたいだよ!?」
「ほんとね。鍵が開いてたってことかしら？」
「とりあえず、中に入ってみよう」
「えっ、でも」
「何か手がかりがあるかもしれないだろう」

真実は、とまどう健太たちをよそに、中に入っていく。

「あっ、ちょっと！」

健太と美希も、あとに続く。

中は、うす暗く静まりかえっている。

「あれ、真実くんは？」

健太と美希は、先に入った真実を見失ってしまった。

「まさか、消えちゃった？」

「ええ？　それじゃあ消えた島の人たちと同じじゃない!?」

「こっちにいるよ」

奥のほうから、真実の声が聞こえた。

「真実くん！」
建物の中はほこりだらけで、いたるところに物が散乱している。
健太と美希はそれらを踏まないように注意深く歩いて、奥の部屋へ入った。
そこには、いくつものガラスケースや、動物のはくせいが並んでいた。
壁にはたくさんの写真が飾られていた。
どれも建物と同じようにボロボロで、ほこりをかぶり、よく見ないとどういうものが写っているのか、わからなかった。写真は、海や山、植物や動物や昆虫と、種類もさまざまだ。
「これを見てごらん」
真実は、壁に飾られた1枚の写真を見ていた。

「ええっと、ああ、それって！」
近寄って見てみると、そこにはオキナワカラスアゲハが写っていた。
「真実くんのお父さんの研究室にあったのと同じ写真だ！」
「どうやら、父さんもこの島に来ていたようだね」
写真の下には、小さなプレートがはられていた。

「オキナワカラスアゲハ　撮影場所　阿久磨島」

「阿久磨島!?」
「それが『住人が全員消えた島』の名前のようだね」
「ねえ、それってこれのことじゃない？」
少し離れた場所に立っていた美希が声をあげた。

すぐそばの壁には、古いパネルがいくつか展示されていた。
美希はそのひとつを見ていた。
そのパネルには、赤い文字で〈阿久磨島の悪魔伝説〉と書かれている。
「なんだかぶきみなんだけど」
健太は少し怖がりながらも、パネルの文字を読みはじめた。

〈阿久磨島の悪魔伝説〉

島の歴史は平安時代までさかのぼる。
もともと、作物が実らない不毛の地であったため、「悪魔が棲む土地」という意味をこめて、阿久磨島と呼ばれるようになった。
江戸時代、無人島だったこの島は、流刑地に選ばれた。流刑とは、罪人を辺境や島に追放する刑で、罪人は一生島から出ることはできない。
島に送られた罪人たちは、いつしかその島に棲むという、「悪魔」を信仰する

ようになっていった。
悪魔を信仰する罪人たちをほかの島の人々は恐れ、けっして島へ近づこうとしなかった。
そして、阿久磨島のことを、「呪われた島」と呼ぶようになったという。

「呪われた島……」
パネルには、阿久磨島の位置が記されていた。
この島のすぐ近くにあるようだ。
「『悪魔が棲む土地』だから、阿久磨島……」

コトッ

背後で物音がした。
真実たちがハッとして振り返ると、部屋の入り口にひとりの男の人が立っていた。

「阿久磨島にはけっして近づくな！」

男の人は、ボサボサの髪に、ひげを伸ばし、ヨレヨレの服を着ている。
「わっ、勝手に入ってごめんなさい！」
突然声をかけられて、健太と美希は驚き、あわてて謝った。
しかし、真実はまっすぐに男の人に向き直り、たずねた。
「あなたは、阿久磨島にはけっして近づくな、と言いましたよね？　それはつまり、島のことを知っているということですね？」
「それは……」
「教えてください。ぼくはどうしても島のことを知りたいんです。父を救うために！」
「父親を……？」
男の人は、真実をじっと見つめた。
「オレの名は横川……。阿久磨島で起きたあの事件の唯一の生き残りだ――」

悪魔(あくま)のわらべ歌(うた)

消滅した島1

事件編

「あの事件の唯一の生き残り……？」
健太がゴクリとつばをのみこむ。
真実は、横川をまっすぐ見つめて言った。
「それは、島の住人が全員消えた事件ですか？」
「オレは見たんだ……島の仲間たちが、あとかたもなく消えてしまうのをな」
その言葉に、部屋の空気が凍りついた。
「そんな……そんなことが本当に……？」
美希がつぶやくと、横川は大きな目玉でギョロリとにらんだ。
鬼気迫る形相だった。
「悪魔のしわざだ。悪魔の怒りに触れたんだ……！」
「悪魔の怒り……？」
健太の背筋にゾクリと寒気が走る。
「阿久磨島に伝わる伝説の悪魔のことですね？」
真実が聞くと、横川の体はビクリ！と大きくふるえた。

横川の顔は青ざめ、ひたいには汗がにじみはじめていた。

「……やつらが悪魔に手を出さなければ、こんなことにはならなかったんだ……」

「やつら？」

意外な言葉に、健太は思わず身をのりだす。横川の話はこうだった。

10年前、突然「阿久磨島」に30人ほどの男女が訪れ、島の住人にこう告げた。

「この島には悪魔がいる。作物が実らず島が貧しいのは、すべて悪魔の呪いのせいだ。我々は悪魔を封印し、この島に恵みを取り戻すためにやってきた」

そうして、やつらは島の奥地に建物をつくり、封印の祈りを捧げはじめたのだ。

島の者たちは、やつらのことを「教団」と呼んだ。

やがて、島に変化が表れた。

育ちが悪かった田んぼの稲や畑の作物が、豊かに実るようになったのだ。

「それじゃあ、悪魔の呪いは封印されたの？」
美希の言葉に、横川は青ざめた顔を左右に振った。
「いや、違う。２年前のある日、やつらが言った。悪魔の力がどんどん強くなっている……これ以上、呪いを封じ続けることはできない、とな。それから島には恐ろしいことが起こりはじめた……」
真実は目を細めた。
「いったい何が起きたんです？」
横川は全身をガタガタとふるわせ、苦しそうに頭を抱えた。
「……恐ろしい……恐ろしいことが次々に！」
横川の異様なようすに、健太と美希は思わず顔を見合わせた。
「呪いを封じるには、一緒に天に祈るしかない――やつらの言葉にみんなは従った。そのとき……消えたんだ。島の仲間も、やつらも、ひとり残らず一瞬のうちに！」

横川の呼吸は荒く、その目は見開かれていた。
「一瞬のうちに、ひとり残らず消えた!?」
健太がぼう然とつぶやく。
やがて横川は笑いはじめた。
「ふふ……ふはは……悪魔の怒りに触れたんだよ。やつらが呪いを封印しようだなんて、余計なことをしたから、こんなことになっちまったのさ……ふはは」
真実は横川に一歩近づくと、真剣な表情で訴えた。
「横川さん。お願いがあるんです。ぼくたちは阿久磨島に行って、真相を確かめたいんです。事件のあった場所まで案内してもらえませんか？」
真実の言葉に、横川の表情が一変する。
「島に渡りたいだと!?　何をバカなことを！」
健太と美希は驚き、ビクリと肩をふるわせた。
「1年前……同じことを言う男がやってきた。オレは止めたがそいつは島に渡り、いまだに帰ってこない。きっとそいつも悪魔の怒りに触れたんだ……。オレはいやだ……島には戻らねえぞ！」

「1年前、島に渡った男？　それってまさか……」

健太は、ハッとして真実を見つめた。

真実は、まっすぐ横川を見つめ続けている。

「その人、謎野快明という名前じゃなかったですか？」

「やめろ……！　その名前は聞きたくない……。出て行け！　出てってくれ！」

横川はふたたび頭をかかえ、全身をガタガタとふるわせていた。

しかたなく3人は資料館をあとにした。

「やっぱり父さんは阿久磨島に渡っていたんだ」

「阿久磨島行きの船を探そうよ。そしたら島に渡れるよ！」

真実たちは足早に、島の港へと向かった。

だが、阿久磨島に渡る船はひとつもないという。

「お願いします。島で降ろしてもらうだけでいいんです」

真実たちが必死に頼んでも、冷たく断られるだけだった。

ザザザーン！

岩に当たった波が激しくくだけちる。

郷土資料館で手に入れた観光マップによれば、今3人がいる場所は、島の岬の先端にある岩場。阿久磨島までの距離はわずか3キロメートルだった。

目の前に広がる海は、潮の流れが速く、あちこちで渦が巻いている。

「これじゃあ、泳いで渡るのもムリそうね……」

健太も海に向かってくやしそうに叫んだ。

「あ～！　阿久磨島は目の前なのに、どうすれば

いいんだよ〜！」

阿久磨島のまわりには霧が立ち込め、島の姿はよく見えない。

まるで、霧の向こうで悪魔があざ笑っているかのようだった。

だが、真実は霧の向こうをじっと見つめて言った。

「父さんは横川さんに案内を断られたあと、阿久磨島に渡ったんだ。きっと何か、島に渡る方法があるはずだ」

そのとき、岩場に子どもたちの明るい笑い声が響いた。

見ると、少し離れた場所で子どもたちがカニ捕りをして遊んでいた。

小学1年生くらいだろうか。みんな真っ黒に日焼けしている。
「この島の子たちみたいね」
やがて、子どもたちの楽しそうな歌声が聞こえてきた。

♪おそろし　悪魔に会いたけりゃ
ウサギとカラスと　にらめっこ
ウサギは跳ねる　カラスは落ちる
それ見て白蛇　大笑い
とっとと　背中に乗らなけりゃ
白蛇怒って　海の底

「……恐ろしい悪魔!?」
その歌を聞いた健太の頭に、何かがひらめいた。
「どうかしたの？　健太くん」

「ちょっと話を聞いてくる！」
言うなり、健太は子どもたちのほうへ駆け出した。

「ねえ、今の歌、誰に教わったの？」
健太が声をかけると、子どもたちは振り向いた。
「ばあちゃんに教わったんだ」
「おれはじいちゃん」
「この島に昔から伝わる歌なんだって」
答えを聞いた健太の目がキラリと光る。
「やっぱりそうか！　ありがとう！」
子どもたちにお礼を言うと、健太は急いで真実たちのところへ戻った。
「ねえねえ！『おそろし　悪魔に会いたけりゃ』ってさっきの歌、もしかしたら、阿久磨島へ渡る秘密が隠されてるんじゃない!?」
「も～！　いきなり何を言いはじめるのかと思ったら、またそんなマンガみたいな話？」

美希があきれたように口をとがらす。

「だってほら、都市伝説でもあるでしょ？『かごめかごめ』は、江戸時代に罪人の首を切るときにうたわれた歌だとか、『とおりゃんせ』は飢饉で苦しんだ人たちをうたった歌だとか。わらべ歌には深い意味が隠されてるかもしれないんだよ」

健太の言葉に真実がうなずいた。

「確かに、調べてみる価値はあるかもしれない」

「えっ、真実くんまで!?」

美希のとがった口が引っ込む。

「わらべ歌は、『伝承童謡』といって、古い文化や歴史をもとにして生まれたものも多い。もしかしたら父さんも、この島のどこかで今の歌を聞いたのかも」

「ほ～らね！　ぼくの耳のつけどころ……違った、目のつけどころもなかなかのものでしょ？」

わらべ歌の伝承

「かごめかごめ」は、神のお告げを聞くための儀式から生まれたという説が有力だが、埋蔵金のありかを示したなど、さまざまな説がある。「とおりゃんせ」は、お城の中にある神社にお参りする風習をうたったという説や、関所のことを指したという説が有力だ。

健太は得意そうにニンマリした。

真実は今聞いたわらべ歌を紙に書き出した。

「問題は『にらめっこするウサギとカラス』。そして『大笑いする白蛇』。これらが何を表しているかだ」

「う～ん。この島のどこかに、ウサギとカラスと白蛇がいるとか？」

健太の言葉に、美希はハッと顔をあげた。

「もしかして、ウサギ・カラス・白蛇っていう文字が入った場所があるんじゃない!?」

真実が開いた島の地図を3人でのぞき込む。

「え～と、カラス、カラス、カラス……」

「健太くん、黙って探せないの？　ウサギ、ウサギ、ウサギ……」

「あっ、あったよ！　ほらここ！」

健太が指さした先には「大鳥神社」と書かれていた。

町から少し離れた山の中にあるようだ。

真実は、健太と美希の顔を見て言った。
「この場所に行ってみよう。わらべ歌のナゾを解く手がかりがあるかもしれない」

コケだらけの長い石段を上った先に、朱塗りの鳥居があった。
「ふ～。ようやくいちばん上に着いた～！」
鳥居をくぐると、木が生い茂った境内に、一対の狛犬と小さな本殿が立っていた。
あたりにひとけはなく、ひっそりと静まりかえっている。
「誰もいないみたいね」
「手分けして境内を探そう。カラスやウサギ、白蛇に関係するものがないかどうか」
真実の提案で3人は分かれて調べはじめた。
「お～い！　カラス、ウサギ、白蛇～！　いるならおとなしく出てこ～い！」
「どこかに、石像とかがあったりしないかしら？」
しかし、手がかりは見つからない。

カァー　カァー　カァー

木々のあいだから見えるオレンジ色の空に、カラスの鳴き声がさびしげに響いた。

そのとき、本殿を調べていた真実が、あるものに気づいた。

賽銭箱の上の柱に「大烏神社」と書かれた額がかけられている。

その額をよく見ると、雨風にさらされ、ほとんど消えかかっていたが、太陽に向かって羽ばたくカラスの姿が描かれていたのだ。

「カラス……それに太陽。そうか、そういうことだったのか」

霧が晴れていくように、真実の脳裏で、わらべ歌のナゾが解けていく。

「わかったよ。
ウサギとカラスの正体が」

「ええっ、ホントに!?」

健太と美希は、あわてて真実のもとに駆け寄った。

「あの絵を見てごらん」

真実は、カラスと太陽が描かれた額を指さした。

「日本では昔、カラスは太陽の象徴と考えられていたんだ」

「あ、それって聞いたことがある！　日本の神話に出てくる、3本足の『八咫烏』でしょ？」

美希の言葉に真実はうなずいた。

「そう。つまり、あのわらべ歌の『カラス』が表していたのは、地名や場所じゃなくて、太陽だったんだ」

「カラスは太陽……？　っていうことは、ウサギは？」

考えこむ健太に、真実はほほえんでみせた。

「簡単な推理さ。何だと思う？」

あっ！と笑顔が広がる健太。何かを思いついたようだ。

「わかった！　月だ！　月にはウサギがいるっていうからね」

八咫烏
日本神話で神武天皇の道案内をしたといわれる、太陽の化身のカラス。3本足の姿で描かれることが多い。また、中国にも、太陽の中に3本足のカラスがいるという伝説がある。ちなみに、八咫烏は、日本サッカー協会のシンボルマークにもなっている。

得意そうな健太の横で、美希はわらべ歌を口ずさんだ。

♪おそろし　悪魔に会いたけりゃ
ウサギとカラスと　にらめっこ

「……ウサギが月で、カラスが太陽なら、月と太陽がにらめっこってことよね。それってどういう意味かしら？」

すると、健太は得意そうに胸を張って言った。

「ほら。昼間の空に、うっすら月が浮かんで見えるときがあるでしょ？きっとそのことを指してるんだよ」

「でも、それっておかしくない？」

美希はグイッと自分の顔を健太の顔に近づけた。

「にらめっこっていうのは、こうして、顔と顔をつきあわせてするものでしょ？　太陽と月が、そんなふうに向かい合ってるところなんて見たこと

月のウサギ
月の模様を何にたとえるかは、国によって違う。日本などの東アジアでは、もちをつくウサギ、アメリカでは人の顔、ヨーロッパでは、カニや、木の枝を背負った老人、インドではふたつの手と言われている（諸説あり）。キミは何に見える？

ある？」

「言われてみれば……う～ん……」

さっきまでの自信はどこへやら。健太は困り顔だ。

そのとき、真実が腕時計に目をやった。時刻は夕方5時を指している。

「たしか今日は満月だったはずだ。だとすると、今から向かい合う太陽と月が見られるかもしれない」

「ええっ、今から!?」

足早に長い石段を下りる3人。

その中ほどに、小さな展望スペースがあった。目の前をさえぎる木がなく、島の景色を一望することができるようだ。

「あっ！　夕日が見えるよ！」

駆け込んだ健太は、西の空を指さした。

水平線の近くに、オレンジ色に輝く大きな夕日が浮かんでいた。

「うわ〜！　きれい！」
思わず歓声をあげる美希。
「あれが太陽。つまりカラスだ。そして……」
真実は、反対側の東の空を指さした。
深い青色に染まった東の空の水平線には、なんと、ぽっかりと大きな満月が浮かんでいたのである。

「ああっ！　太陽と月が向かい合ってる!?」

驚きの声をあげる健太。
「月が空にのぼる時刻や位置は、毎日少しずつ変化している。満月のころ、月は太陽が西の空に沈むのと同じころに、反対の東の空からのぼりはじめるん

だ。町の中にいると、建物に隠れてなかなか見えないけどね」

真実の言葉に、美希は大きくうなずいた。

「西の空と東の空で、太陽と月が本当ににらめっこしてるみたい！」

「これがウサギとカラスのにらめっこ……じゃあ、その次の歌詞の意味は？」

健太が腕を組んで考える。

♪ウサギは跳ねる　カラスは落ちる
それ見て白蛇　大笑い
とっとと　背中に乗らなけりゃ
白蛇怒って　海の底

真実は言葉を続けた。

「跳ねるウサギは、これから空にのぼる月。落ちるカラスは、海に沈む夕日。つまり、日が暮れて夜になることを指しているんだろう」

「……ってことは、夜になると白蛇が現れるってこと？」

美希は不安そうに真実を見つめた。

「ああ。わらべ歌のナゾはすべて解けたよ。満月の今晩、さっきぼくらがいた場所……阿久磨島にいちばん近い海岸に、白蛇が現れるはずだ」

「えっ！　ホントに!?　でも、笑ったり、背中に乗れたりするほど大きな白蛇なんて、いるのかな？」

健太は腕を組んで必死に考えたが、やっぱりわからない。

「おそろし悪魔に会いたけりゃ……わらべ歌が正しければ、白蛇が、ぼくたちを阿久磨島まで連れていってくれるよ」

そう言うと真実は、キラキラと夕日に輝く海を見つめた。

はたして、わらべ歌の「白蛇」とは何を指しているのか？

満月の日のあたりに
起こる自然現象が
関係しているよ

解決編

かいけつへん

パチッ　パチパチッ

たき火の炎が夜風に揺れて、火の粉が舞った。
そこは、昼間、島の子どもたちのわらべ歌を聞いた岩場だった。
真実たちは、白蛇が現れる時刻まで、海の手前の岩陰で過ごすことにしたのだ。
「そろそろ時間だ」
真実は、炎を囲む健太と美希に告げた。
時刻は真夜中の0時。あたりは闇に包まれている。
「この時間に白蛇が姿を現すんだよね？」
健太の言葉に真実はうなずいた。
「ああ。海のほうへ行ってみよう」
3人は懐中電灯を取り出すと、足元を照らし、岩場の先へと向かった。
しばらく進むと、不意に美希が足を止めた。

「ねえ……なんだかヘンな声が聞こえない？」
「えっ、声!?」
健太は耳に手を当てた。
すると、聞こえた。

グポポポ……グポポポポ……

海のほうから、ぶきみな音が響いてくる。
「なんだか、誰かが笑ってるみたい……」
美希の言葉に、健太はハッと顔をあげた。
「もしかして……白蛇の笑い声!?」
健太と美希は、岩場の先端から、暗闇に包まれた海を懐中電灯で照らした。
「ああっ！」
ふたりは驚いて声をあげる。
岩場の先……昼間は海水が満ちて波が打ち寄せていた場所に、砂浜が広がっていたのだ。

「海がなくなって砂浜になってる!?」
「見て！　あそこ！」
美希が砂浜の先を指さした。
30メートルほど先に、巨大な白い岩が姿を現していた。
まるで、ヘビの頭のような三角の形、岩肌にあいた大きなふたつの穴が、こちらを見つめる目のように見えた。
「あれが……白蛇!?」
健太は息をのんだ。

グポポポポ……グポポポポ……

白い岩に波が寄せるたび、ふたつの穴に海水が吸い込まれて、ぶきみな音を発している。
「わらべ歌のとおりだわ。白蛇が笑ってる！」
「でも、どうして？　あの白い岩も、この広い砂浜も、昼間に来たときはなかったはずだよ？」

健太が聞くと、真実は小さくうなずいた。
「今日は特別な日だったのさ。１年でもっとも海の水位が下がるっていうね」
「１年でもっとも海の水位が下がる日……？」
健太がつぶやいたそのときだった。
風がやみ、一瞬、海の動きが止まったかのように感じた。
そして次の瞬間……。
サ――ッと静かに波が引くと、海の中から、「白い道」が姿を現しはじめたのである。

「あっ！　海の上に道ができていく！」

美希が叫んだ。
それは、白く、細い砂浜の道だった。
巨大な白い岩のもとから、うねるように沖に向かって続いている。
その光景は、ゆうゆうと海を泳ぐ巨大な白蛇の姿そのものだった。

「すごい……信じられない……！」
健太は、まばたきすることさえ忘れてつぶやいた。
「1年にたった1度、真夜中に姿を現す阿久磨島への道だよ。きっと、この現象を知った昔の人が歌にして語り継いだんだ」
しかし、健太にはわからないことがいろいろあった。
「ねえ、さっき1年でもっとも海の水位が下がる特別な日って言ってたよね？それってどういうことなの？」
「海の水は、つねに月の引力によって引っ張られているんだ。地球上で、月

に向いている面は、海水が上に引っ張られて水位が高くなる。これが満ち潮だ」

「へ～！　海の水を引っ張ってるだなんて、月の引力ってすごいんだね！」

健太は感心して思わず声をあげた。

「さらに、満月のころには、これに太陽の引力も加わる」

「太陽の引力？」

「満月のころは、地球をはさんで、月と太陽が一直線に並ぶんだ。つまり、片方からは月の引力が、もう片方からは太陽の引力が、それぞれ海水を引っ張ることになる。だからふだんよりも大きな力で引っ張られ、水位差が大きくなるん

だ。このときが『大潮』さ」

そこまで聞いて、健太はハッとした。

「そうか！　今日の夕方、東と西の空に月と太陽が向き合って浮かんでいたということは、今日は大潮の日なんだね」

「そう。なかでも、冬から春にかけての満月のころは、月と地球と太陽のずれが少なく、ぴったり一直線に並ぶんだ。だから引力が強く働いて、1年の中でも、海の水位が低くなるんだ。そして、もっとも低くなるのが今日というわけさ」

「なるほど～！　だから海に道が現れたんだね」

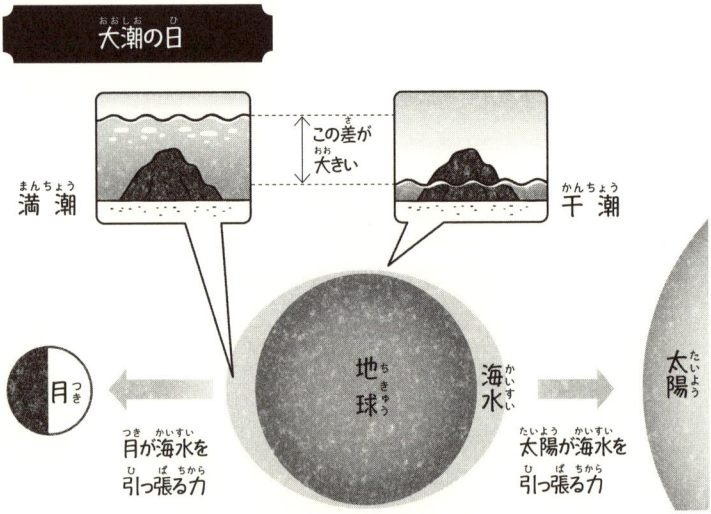

健太が大きくうなずく横で、美希がわらべ歌の続きを口ずさんだ。

♪とっとと　背中に乗らなけりゃ
白蛇怒って　海の底

「ねえ、急いであの砂浜を渡らないと、すぐに海の底に消えちゃうんじゃない？」
「美希さんの言うとおりだ。潮が満ちてくる前に、急いで阿久磨島へ渡ろう」

３人は岩場を下り、砂浜の上を走りはじめた。
阿久磨島までの距離は３キロメートル。
やがて、闇の向こうに「阿久磨島」のシルエットが浮かび上がってきた。
「あれを見て！」
健太の声に立ち止まり、３人は島影を見上げた。
悪魔のツノのように、ふたつの高い山がそびえ立つぶきみな姿。

島に近づく者を、じっと見下ろしているかのようだ。

「これが阿久磨島……」

健太は思わず身ぶるいした。

「本当に悪魔が棲んでるみたい……」

いつもは強気な美希の声も、かすかにふるえていた。

しかし、真実はひるむことなく、まっすぐ島を見つめていた。

「行こう。阿久磨島のナゾを解き明かして、父さんを助けるんだ」

3人は、ふたたび島へと続く砂浜を走りはじめた。

SCIENCE TRICK DATA FILE

科学トリックデータファイル

Q.島と島のあいだに、砂が溜まったってこと？

海上に現れる奇跡の道

潮が引いたときに、陸地と沖合の島を結ぶ砂の道が現れる現象を、「トンボロ現象」と呼んでいます。とてもめずらしい現象ですが、日本には、この現象が見られる場所がいくつかあります。

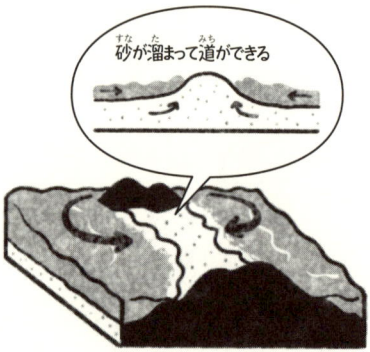

島どうしが近くにあると、島のあいだにある海で左右から来た波がぶつかる。すると、波が運んできた砂がその場所に溜まっていき、トンボロ現象が起こる。

堂ケ島（静岡県西伊豆町）のトンボロ現象。潮位（基準面から測った海面の高さ）が30cm以下になったときだけ現れる。

小豆島（香川県）の、通称「エンジェルロード」。干潮時に、大小四つの島をつなぐ砂の道が現れる。

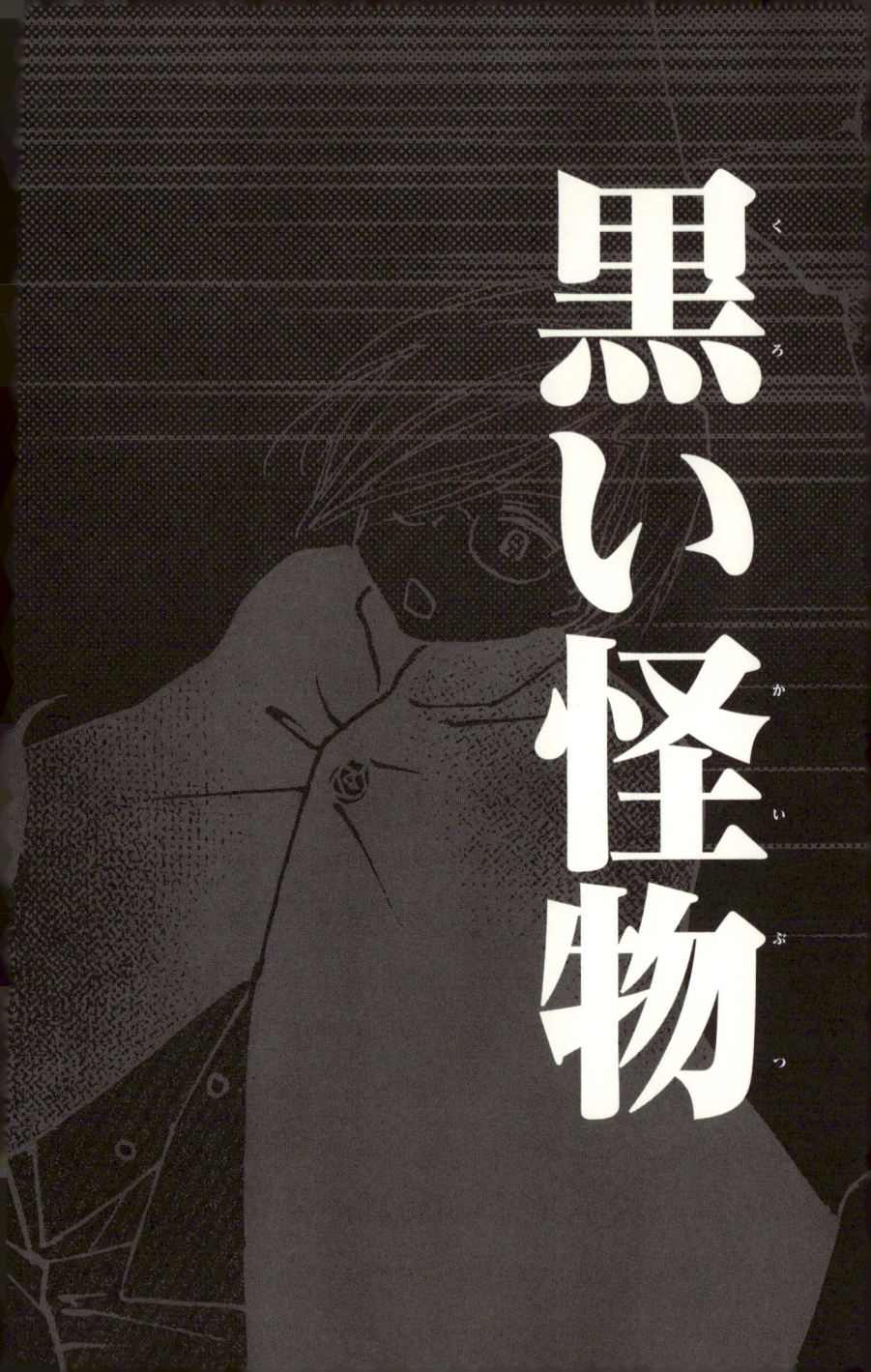
黒い怪物
くろいかいぶつ

消滅した島2

事件編

「健太くん起きて！　たいへんよ！」
緊迫した美希の声で健太は目を覚ました。
そこは小さな小屋の中だった。壁にかかった漁の網が朝日に照らされている。
昨夜、ついに「阿久磨島」に上陸した健太たち3人は、ひとまず朝を待とうと、海岸に立っていた漁師小屋で一夜を明かしたのだ。
「どうしたの？　何かあったの!?」
跳ね起き、小屋の外に飛び出した健太の目に、立ちつくす真実と美希の姿が飛び込んできた。美希のくちびるは、かすかにふるえている。
「ゆうべは気がつかなかったけど……なんだかようすがヘンなの」
美希が指さす先を見て、健太は目を疑った。
「そんな……いったい、どういうこと!?」
目の前に広がる海が、血のように真っ赤に染まっていたのだ。
しかも不思議なことに、海が赤いのは、阿久磨島のまわりだけだった。
遠くの水面はきれいな青色なのに、島から200メートルほどのところから突然色が変わり、健太たちのいる砂浜には、ぶきみな赤色の波が打ち寄せている。
健太の脳裏に、昨日出会った横川の言葉が浮かんだ。
「……恐ろしい……恐ろしいことが次々に！」
健太の背筋にゾクリと寒気が走る。
「……もしかして、これって悪魔の呪いのせい？」
健太がおそるおそる口にすると、真実はゆっくりと首を振った。
「これは赤潮という自然現象さ。ある種類のプランクトンが大量に発生すると起きるんだ。増えすぎたプランクトンが魚のエラに張りついたり、酸素不足になったりして、魚が呼吸できなくなり、大量に死んでしまうこともある」
「でも、どうしてこの島のまわりだけ？」
海岸を見渡し、美希が不安そうにつぶやく。
「それはわからない。でもきっと、何か理由があるはずだ」

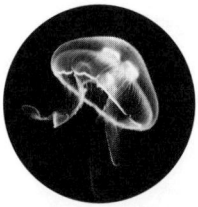

プランクトン
もともとはギリシャ語で「漂うもの」という意味で、水の中でふわふわと漂うように暮らしている生き物のことを指す。小さなものが多いが、実は、クラゲもプランクトンの一種。

そう言うと真実は振り向き、緑の木々の向こうにそびえる、ふたつの山を見つめた。

「島の中を調べてみよう」

海岸には、島の中へと続く細い道があった。

道は、うっそうと木が生い茂った林に続いていた。

5分ほど歩くと林を抜け、パッと景色が開けた。

思わず健太が声をあげる。

「あっ！　家があるよ！」

畑の向こうに、十数軒の民家が並ぶ村が見えた。

だが、その村は異様な雰囲気に包まれていた。

雑草に覆われた畑。
村には人の姿が見えず、ひっそりと静まりかえっている。
美希は思わず息をのむ。
「本当に、島の人たちはみんな消されてしまったの……？」
「もしかしたら、まだ残ってる人がいるかもしれないよ！　行ってみよう！」
そう言うと、健太は村に向かって駆け出した。
「お～い！　誰かいませんか～！」
「いたら返事をしてくださーい」
健太たちは大きな声をあげながら村の中を歩いた。

しかし、村は静まりかえったままだった。
「家の中を調べてみよう。何か手がかりが見つかるかもしれない」
真実はそう言うと、1軒の家に近づいた。
「なんだかドロボウみたいで気が引けるけど……」
「そんなこと言ってる場合じゃないでしょ！」

ガチャリ

真実がドアノブを回すと、あっさりとドアが開いた。
鍵はかかっていない。

ギギ〜

ドアを開き、おそるおそる室内に足を踏み込む。

「おじゃましま～す。あやしい者じゃないですよ～」
小声でつぶやく健太。
玄関の先は居間になっていた。
ちゃぶ台の上には、湯飲みと急須。床には、絵本やぬいぐるみが落ちている。
「なんだか、ついさっきまでこの場所で家族が暮らしてたみたい」
美希がつぶやく。
「これを見て」
奥の本棚を調べていた真実が声をあげた。
その手には、1冊のノートが握られていた。
「この家の人がつけていた日記らしい」
「日記!?」
健太と美希はあわてて真実のもとに駆け寄る。
真実が開いたノートにはこう書かれていた。

8月23日　田んぼの稲や畑の作物は順調に育っている。収穫が楽しみだ。
教団の祈りのおかげで、この村は本当に豊かになった。

9月9日　今朝、教団のメンバーたちが村へやってきた。
呪いの力はさらに強くなり、これ以上抑え続けることは難しいという。
この先、何もなければいいが……。

9月17日　悪い予感が現実になってしまった。
収穫直前の村の田んぼ、畑、すべての作物が枯れてしまったのだ。
これは悪魔の呪いのせいなのだろうか？

10月2日　朝、表に出ると、島のまわりの海が、血のように真っ赤に染まっていた。

これほどひどい赤潮は、今まで見たことがない。
多くの魚が死に、海に浮かんでいた。

顔をあげた健太のひたいには、冷たい汗がにじんでいた。
「やっぱり……ぼくたちが見た赤い海や荒れた畑は、悪魔の呪いのせいだったんだ」
美希は言葉を失い、日記を見つめ続けている。
「まだ終わりじゃない。続きがあるみたいだ」
真実はそう言うと、日記のページをめくった。

10月25日　今度は村の井戸水が黒くにごりはじめた。
原因を調べようと、村の東の洞窟の泉を調べに行った者が、洞窟の奥で巨大な黒い怪物におそわれた。

11月13日　教団に助けを求めようと、5人の村人が島の奥にある教団の建物へ向かった。
しかし、帰ってきたのはたったひとり。
ふるえながら、「悪魔が現れ、みんな砂浜に食われた」と繰り返した。

11月18日　村に教団のメンバーがやってきてこう言った。
「ひとつだけ悪魔の呪いから逃れる方法がある。
みんなで力を合わせ、天に祈るのだ」
もうこれ以上耐えられない。
わたしたちは、教団に協力することにした。

日記はそこで終わっていた。
「このあと、みんなは悪魔に消されちゃったのか……」
健太がつぶやくと、真実は日記から顔をあげた。
「悪魔のせいなんかじゃない」

真実は、ふたりの顔をまっすぐ見つめて言葉を続けた。

「この世に科学で解けないナゾはない。この島で起きた事件も、きっと科学の力で解くことができるはずだ」

「でも、洞窟に黒い怪物が現れたり、砂浜が人を食べたり、信じられないことが次々と起きてるのよ!? こんなこと、いったい誰がどうやったっていうの？」

美希の言葉に、室内は沈黙に包まれた。

やがて、真実は自分に言い聞かせるように、静かに言った。

「今はまだわからない。だけど、科学の実験に夢中だった父さんは、いつもこう言ってた。わからないときこそ、考え続けなきゃいけないって。答えは必ずどこかにある。だから、壁にぶつかったときこそ、先に進むチャンスなんだって」

健太は大きくうなずいた。

「わからないときこそ考え続けなきゃ……か。なるほど！ 洞窟のナゾも、砂浜のナゾも、わからないままで終わらせちゃったら、先には進めないってことだね！」

「ああ。まずは村の東にあるという洞窟に行ってみよう。何か手がかりが得られるかもしれない」
真実の言葉に、美希は思わずほほえんだ。
「いつも冷静で、どんなときも絶対あきらめない。真実くんの性格は、お父さんゆずりなのね」
「そうかもしれないな」
真実は、少し照れくさそうにほほえんだ。

真実たちは方位磁針を頼りに村の東を目指した。
森の中を1キロメートルほど進むと、岩肌にぽっかりと口を開けた洞窟を見つけた。
入り口はからみあったツタに覆われ、洞窟の奥は深い闇に包まれている。
「ここ……だよね？」
さっきまではりきっていた健太だが、いざ洞窟を前にすると早くもへっぴり腰だ。
「ここまで来て、まさか怖いなんて言わないわよね？」
美希につつかれると、健太は胸を張って強がってみせた。

「も、もちろんだよ。怪物なんてどっから
でもかかってこい！さ。アハハハ……」
「それじゃあ健太くん、先
頭よろしく！　はい！」
美希は健太の手に
懐中電灯をポン！と渡した。
洞窟の中はひんやりと
冷たい空気が流れていた。
健太を先頭に、暗闇の中を
一歩ずつ慎重に進んでいく。
地面、天井……どこに懐中電灯を
向けても、ぶきみな形の岩だらけだ。
まるで、恐ろしい形相の怪物たち
に囲まれているようだった。

やがて3人は、広い空間に出た。
「ここは何だろう？　もしかして、怪物のすみかだったり……？」
おそるおそる健太が足元を照らすと、地面がキラリと光った。
「あっ！　水よ。泉だわ」
懐中電灯で洞窟の奥を照らすと、地面には、25メートルプールほどの大きさのたまご形の泉が広がっていた。
「この水が、黒くにごりはじめたってこと？」
健太は泉のふちにしゃがむと、片手で水をすくった。
「わわっ！　なんだこれ!?」
健太の手のひらは、真っ黒に染まっていた。

黒いヘドロのような液体がボトボトと足元にしたたり落ちる。

「水じゃない……真っ黒だし、なんだかドロドロしてるよ！」

健太が叫んだ瞬間……恐ろしいことが起きた。

ゴポゴポゴポッ

3人から少し離れた泉の表面が大きく盛り上がったかと思うと、ハリネズミの背中のような、無数のトゲを突き出したのである。

「キャーッ！」

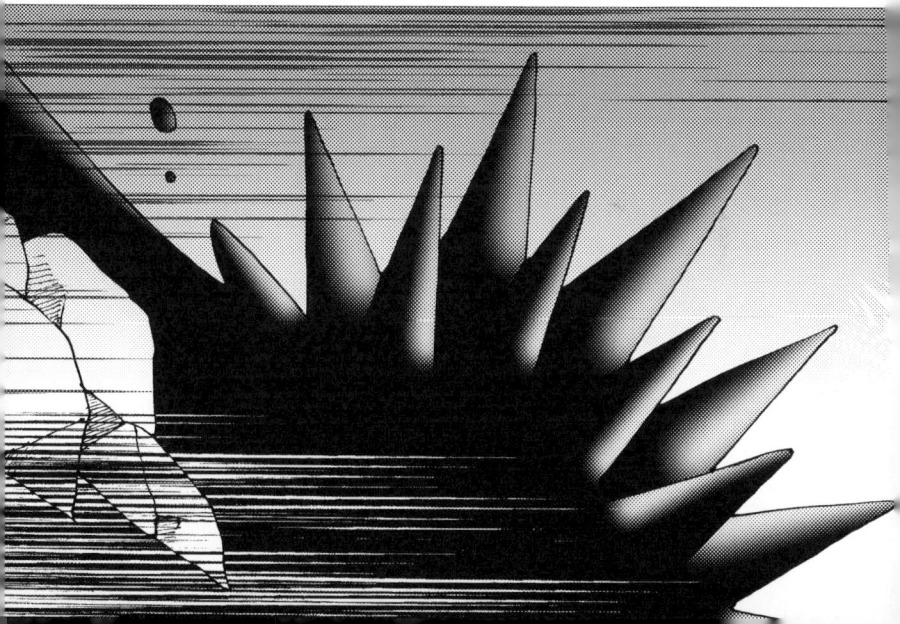

「出たあ！　黒い怪物!?」

ザザザザザ！

黒い怪物は、無数のトゲを出したり引っ込めたりしながら、スピードを上げて健太たちのほうへ向かってくる。

「ぼくのうしろに隠れて」

真実は、ふたりを守るように前に出た。

「危ないよ！　真実くん！」

「確かめたいことがあるんだ」

そう言うと、真実は地面にあった石をすばやく拾い、怪物めがけて投げつけた。

ビュウッ！と石が風を切る。

次の瞬間、黒い怪物に当たった石は、ポチャン！と黒い体を通り抜けた。

「液体？　生き物じゃない……!?」

真実たちの目の前に迫った黒い怪物は、山のように盛り上がった巨体をふるわせると、ドプン！と泉の中に姿を消した。

「消えた……!?」

健太はおそるおそる泉をのぞき込んだ。

すると今度は、３人のすぐわきの洞窟の壁を、泉の黒い水がドロリドロリと登りはじめたのである。

「ウソでしょ!?　水が壁を登ってる！」

黒い水は、巨大なナメクジのように壁をはっていく。

あるものは分裂し、あるものは合体しながら……洞窟の壁に、何かを描いているようだった。

「もしかして、これって文字……？」

美希がぼう然とつぶやく。

現れたのは、洞窟の壁一面に描かれた、巨大な文字だった。

ノロイヲウケヨ

「呪いを受けよ……!?」
思わず健太は息をのんだ。
次の瞬間、壁に張りついた黒い文字は、バシャッ！と泉の中に落ちた。
そして……。

ジュルジュルッ　ゴボゴボゴボッ

黒い水は、岩がつらなる天井に向かって無数のトゲを伸ばした。
巨大な怪物が立ち上がり、今まさに、3人に飛びかかろうとしている！
「健太くん、美希さん、さがって！」
「うわ～っ！」
健太は思わずしりもちをついた。

その拍子にリュックに入った道具がバラバラと地面に飛び出す。
（もうおしまいだ！　黒い怪物に呪われるんだ……！）
しかし……。
（あれ……？　何も起きないぞ？）
おそるおそる目を開けると、黒い怪物は天井の岩に張りつき、こちらのようすをうかがうように、トゲを出したり、引っ込めたりしている。
「健太くん、だいじょうぶかい？」
健太に駆け寄った真実が声をかける。
そのとき真実は、地面に転がった健太の方位磁針に気がついた。
方位磁針の針は、激しくグルグルと回転している。
「そうだったのか……！　健太くん、美希さん、黒い怪物の正体がわかったよ！」
「ええっ、ホントに!?」
真実は、健太の足元の地面を指さし、言葉を続けた。
「今から、そこにある道具のひとつを使って、黒い怪物の正体をあばいてみせるよ」

地面には、健太のリュックから飛び出した道具が散らばっている。

乾電池
磁石
マッチ

「この中のひとつを使って……!?」
はたして真実は、どの道具を使って、黒い怪物の正体をあばこうというのか？
そして、黒い怪物の正体とは……!?

方位磁針の針が
どうして動いたのか
考えてみよう

解決編
かいけつへん

「これを使えば、黒い怪物の正体がわかるはずだ」
そう言って真実が手にしたのは、磁石だった。
健太は驚いた。

「磁石!?」

（磁石を使って、いったい何をするつもりなんだろう？）
真実は、懐中電灯で足元を照らしながら、天井の岩に張りついた黒い怪物へと近づいていった。怪物は、真実を威嚇するようにトゲを出したり、縮めたりしている。
「真実くん、気をつけて！」
「だいじょうぶだよ」
真実は、怪物のトゲの先に、手にした磁石をサッと近づけた。
すると……なんと、トゲは磁石に反応し、ニュルニュルと先端を磁石のほうに伸ばしはじめたのだ。

「磁石に反応した!?」
美希が思わず口にする。
真実が磁石を右に動かせばトゲも右へ。磁石を左に動かせばトゲも左に動いた。
まるで、ヘビを自在に操る、インドのヘビつかいのようだった。
真実は、健太と美希のほうを振り返った。

「やはりそうか。これは磁性流体だよ」

「じせいりゅうたい……!? 何なのそれ?」
初めて聞く言葉に、健太は首をひねった。
「簡単にいうなら、砂鉄を液体にしたような、磁石に反応する水さ」
磁性流体は、アメリカのNASAによって開発された特殊な液体。無重力状態で、ロケットの燃料を輸送するためや、宇宙服から液体が漏

NASA
アメリカ航空宇宙局。月着陸を目指したアポロ計画や、宇宙船のスペースシャトル計画などを進めた。世界の宇宙開発をリードする機関。

れるのを防ぐために利用しようと開発された。
「でも、どうして怪物の正体が磁性流体だって気がついたの？」
美希がたずねると、真実は、健太の足元にある方位磁針を拾い上げた。
「この方位磁針のおかげだよ」
真実が手にした方位磁針の針は、まだ激しく回転している。
「方位磁針の針は磁石でできている。だから近くに磁石があると、こんなふうに方向を見失ってしまうんだ。つまり、この洞窟のどこかに強力な磁石があって、その力で磁性流体を操っているんじゃないかって思ったんだ」
しかし、健太はまだ納得がいかないようすだ。
「でも、どう見てもここはふつうの洞窟だよ？　どこにそんな強力な磁石があるの？」
「目に見えないところだよ」
そう言うと、真実はふたたび天井に張りついた怪物のほうへ近づいた。
そして、磁石を天井の岩に近づけ、パッと手を離すと……。

磁石にある、目に見えない磁力線

磁石のまわりには
磁力が発生する。
磁力の向きは、
磁力線で表す。

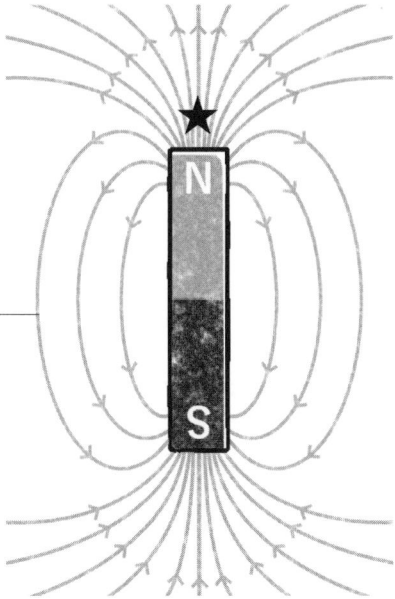

磁性流体に磁石を
近づけると（上の図の★の位置）
磁力線に沿って、
トゲトゲの形に並ぶ。

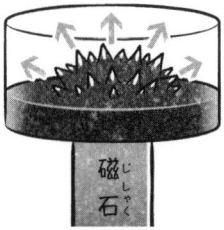

砂鉄に磁石を
近づけると（上の図の★の位置）
砂鉄が磁力線に
沿って並ぶ。

ガチャン！

なんと、真実の手から離れた磁石が、天井の岩にピタリと張りついたのである。

「ああっ！　磁石が岩にくっついた！」

「このとおり、磁石は、洞窟の岩の中にしかけられていたんだ。電気を通すと磁石になる、電磁石がね」

「じゃあ、動き回る怪物も、壁に書かれた文字も、電磁石の力で？」

「ああ。きっと、誰かがどこかで、電磁石を操作していたんだ。磁性流体は、岩の中の電磁石に引かれて動いていただけだよ」

天井にくっついたのはなぜ？

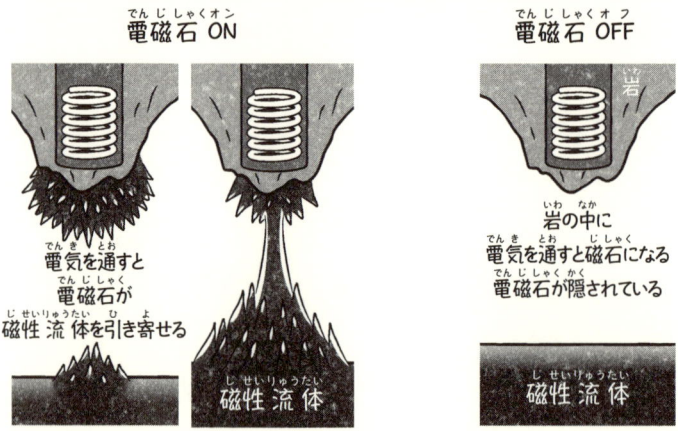

「そうだったのか！」
健太がうなずくと、真実は天井で動き続ける磁性流体を見上げた。
「これではっきりしたよ。黒い怪物は悪魔のしわざなんかじゃない。島の人たちをおどかし、おびえさせるために、何者かが科学の力を悪用していたんだ」
そう語る真実の表情はけわしく、両手はギュッと力強く握られていた。

黒い怪物のナゾは解けた。
しかし、次へ進む手がかりはまだ得られていない。
「これからどうしよう……」
力なく健太がつぶやいたとき、美希が泉を指さして言った。
「ねえ、あれ何かしら？」
磁性流体が天井に張りつき、泉の底がむき出しになった場所に、白く、四角いものが見えている。
健太たちが駆け寄って見ると、それは白い石板だった。

「何だろう、これ？」
健太が懐中電灯の光を当てると、石板に刻まれた文字が浮かび上がった。

水　0　100
鉄□□

ナガトランウグル

「何これ？　さっぱり意味がわからないよ」
首をひねる健太の横で、美希はハッと顔をあげた。
「これはきっと、次への手がかりが隠された暗号よ！」
「次への手がかり？」
「そうよ。だって、人目につかないよう、泉の中に隠されていたのよ。もしも怪物のナゾを解かずに逃げてたら、気がつかなかったわ」
「なるほど……それなら絶対解かなくちゃ……ふぬっ！」
健太は気合を入れて石板をにらみつけたが、やはりまったく意味がわからない。

すると、口元に手を当てて石板を見つめていた真実が、あっさりと言った。

「この暗号の意味がわかったよ」

「ええっ!?　いくらなんでも早すぎない!?」

驚く健太と美希に、真実は何でもないように言った。

「ヒントになるのはここだ」

真実は、「水　０　１００」と書かれた部分を指さした。

「この数字は、水の状態が変化する温度だよ」

「わかった！『０℃』は、氷が溶けて液体になる温度。『１００℃』は、水が沸騰して、液体から気体になる温度ね！」

真実はうなずくと、今度は「鉄□□」と書かれた部分を指さした。

「ここも同じように考えればいい。鉄は１５３６℃で溶けてドロドロの液体になる。そして２８６３℃まで熱すると、蒸発して気体になるんだ」

融点と沸点
固体が液体になる温度を「融点」、液体が気体になる温度を「沸点」と呼ぶ。融点と沸点は、気圧によって変わるが、ふつうは1気圧のときの温度をいう。

※鉄の融点と沸点の数値は、『理科年表 平成28年』（国立天文台編）から。

「そうか！　この部分は『鉄 1536 2863 』になるってことだね？　そうすると、この先は、え～と……」

ここまでのナゾを解いて現れた数字、「15362863」。

そして、残されたナゾの文章、「ナガトランウグル」。

このふたつをどう結びつければよいのか？

頭を抱えて悩む健太と美希に、真実がヒントを出してくれた。

「『ナガトランウグル』……この言葉に、1から順番に番号をふってごらん」

美希は取材用のノートを開くと、言葉の横に番号を書きたした。

「ナガトランウグル」
←←←←←←←
12345678
「15362863」

書き終えた瞬間、健太と美希は顔を見合わせた。

「あっ、わかった！」
『１５３６２８６３』の順番に文字を並びかえればいいんだね！」
「そのとおりだ」
美希はノートにスラスラと文字を書き上げた。
現れた暗号の答えは……。

ナントウガルウト

「ナントウガルウト……南東がルート？」
「ああ。洞窟の外へ出て確かめてみよう」
洞窟の外へ出ると、日はすでにかたむきはじめていた。
３人は健太が手にした方位磁針をのぞき込む。
方位磁針の針は、もうグルグルと回っておらず、しっかりと安定していた。
「南東はあっちだ」

健太が指さした先、生い茂った木々のすきまから、阿久磨島にそびえるふたつの山のうち、東側の山が見えた。

「あの山を目指して進めば、次の手がかりがつかめるのね！」

「真実くんのお父さんの言ったとおりだね」

「え？」

健太の言葉に、真実が振り向く。

「ほら、わからないときこそ、考え続けろって。答えは必ずどこかにあるって」

真実はコクリとうなずくと、木々の向こうの山を見上げた。

「さあ行こう。島の奥に答えが……そして、父さんがいるはずだ」

2

SCIENCE TRICK DATA FILE

科学トリック データファイル

暗号について知ろう

暗号は、大昔から、さまざまな種類のものが使われてきました。代表的なものを紹介します。

大昔の暗号

紀元前5世紀ごろの古代ギリシャで使われていた、革ひもと棒を使った暗号。同じ太さの棒を持つ者だけが、暗号を解読することができる。

シーザー暗号

古代ローマのユリウス・カエサル（ジュリアス・シーザー）がつくった暗号。アルファベット順に、文字を決まった数だけずらして置きかえる。

〈2文字ずらした場合〉

A B C D E F G H I J K L M N…
↓ ↓ ↓ ↓ ↓ ↓ ↓ ↓ ↓ ↓ ↓ ↓ ↓ ↓
C D E F G H I J K L M N O P…

例　MIKI　→　OKMK

上杉暗号

戦国武将の上杉謙信が使っていたとされる暗号。左のような表を使って、1文字を2文字に置きかえる。

	か	が	く	た	ん	て	い
な	あ	い	う	え	お	か	き
ぞ	く	け	こ	さ	し	す	せ
の	そ	た	ち	っ	て	と	な
し	に	ぬ	ね	の	は	ひ	ふ
ん	へ	ほ	ま	み	む	め	も
じ	や	ゆ	よ	ら	り	る	れ
つ	ろ	わ	を	ん	゛	゜	ー

例　がんいつんんてぞんつてなんつかぞたなたつ

ほーむす゛か゛くえん

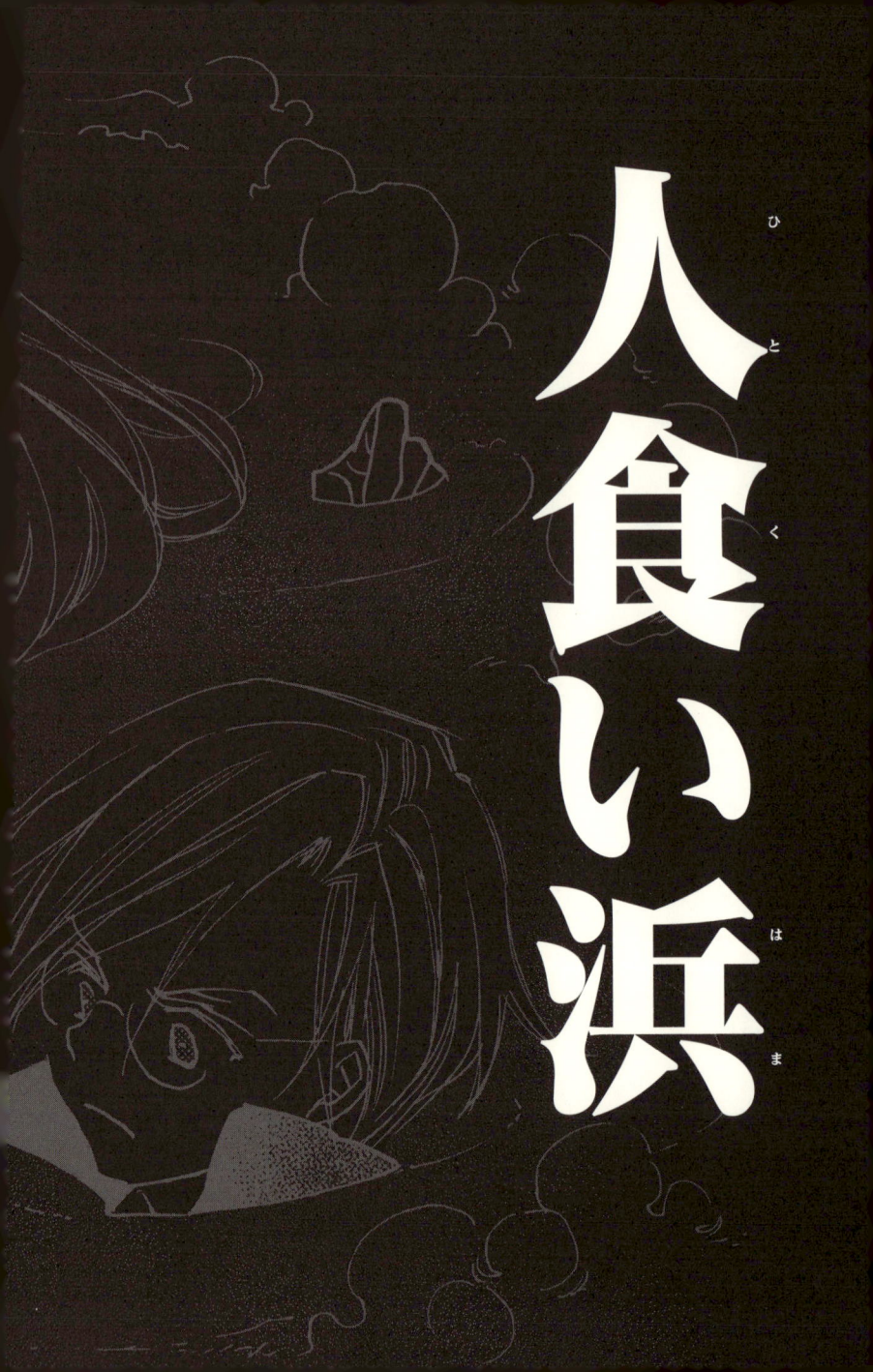
人食い浜
ひとくはま

消滅した島3

事件編

真実、健太、美希の3人は、南東に向かって道を進みはじめた。
あたりには、うっそうと木々が生い茂った林が広がっている。
「うわー、すごい！　見たこともない虫がいっぱいいる～！」
「中琉球は亜熱帯だから、珍しい植物もたくさんあるわね」
健太と美希は、探検に来たような気分であたりを見回す。
そんなふたりをよそに、真実は、ずっと押し黙ったままだ。
真実のようすに気づいて、健太は心配になる。
（真実くん、そうとう疲れてるんだ……。ここ数日、ほとんど寝てなかったみたいだし……）
そのとき、健太はハッと思いついた。
「そうだ、真実くん。これ飲んで！」
健太はリュックからペットボトルに入ったメロンソーダを取り出し、真実に差し出した。
「……え？」

亜熱帯
地球の気候は、大きく「熱帯」「温帯」「寒帯」の三つに分けられるが、亜熱帯は、「温帯」と「熱帯」の中間地域のこと。夏は暑く、冬は寒くなりすぎない気候が特徴。

目の前に差し出された、人工着色料、甘味料たっぷりの毒々しい色の飲み物を見て、真実は顔をしかめる。

しかし、健太は屈託のない笑顔を浮かべながら言った。

「メロンソーダ。ぼく、大好きなんだ。落ち込んだとき、これ飲むとすっごく元気が出るから！」

健太の善意をむげにもできず、真実は「ありがとう」と言って、それを受け取り、ひと口飲む。

「甘っ……、かき氷のシロップをうすめずそのまま炭酸にしたみたいな味だね」

「うん！　ぼく、かき氷のシロップをそのまま

飲むのも好きなんだ～」
健太は、ニコニコしながら答えた。
「もう！　健太くんったら、ヘンな趣味～！」
と、笑う美希。
真実も思わず苦笑する。
それを見た健太はホッとして、急に真顔になって真実に向き直った。
「だいじょうぶ、お父さんは無事でいるよ！」
そう言って、力強く真実をはげます健太。
「だって真実くんのお父さんなんだし、きっとすっごく頭いいんでしょ？」
「そうよ！　悪いやつらに捕まったとしても、簡単にやられたりしないわよ！」
美希も力強く言った。

どこか気分のやわらいだ3人は、林の中を歩き続けた。

3人がたどり着いたのは、一面にハイビスカスが咲く花畑だった。

「わあ、キレイ！」

赤、ピンク、黄色と、色とりどりの大輪の花に、うっとりする美希。

「あ、オキナワカラスアゲハだ！」

健太も、うれしそうに叫ぶ。

花畑には、快明の研究室で見た写真の蝶がたくさん舞っていたのだ。

「ねえ、見て！」

そのとき、美希が叫んだ。

「日記にあった人を食う砂浜って、もしかして、あれのことじゃない？」
花畑の向こう、美希が指さす方角に堤防があり、その先に海岸らしきものが見える。
「ホントだ〜！　海が見える！」
健太は声を張りあげた。
「確かに、方角的に見ても、あれが『人食い浜』と考えて間違いないだろう」
真実も、方位磁針を手にしながら言った。
「砂浜が人を食べるって、ホントかなあ？」
健太がこわごわとつぶやく。
「島民の日記に記されていることが事実なら、それに類する現象が起きたんだろう」
真実は答える。
「島民が砂浜に食べられたときに、悪魔が現れたとも書かれていたわね」
美希の言葉に、健太はゾッとして、思わず足がすくんだ。
しかし、真実はためらうことなく、スタスタと堤防に向かって歩いていった。
（真実くんのお父さんの手がかりが、ここで得られるかもしれないんだ。怖がってなんていられない……！）

健太は自分に言い聞かせると、「真実くん、待って！」と、あとを追いかけていく。「健太くん、そんなにあわてると転ぶわよ！」と言いながら、美希もそのあとに続いた。

堤防の前にやってきた3人。

しかし、堤防は3人の背丈より高く、簡単には越えられそうになかった。

真実は助走をつけ、ヒラリとジャンプすると、軽々と堤防の上にあがる。

「健太くん、わたしの馬になって！」

美希の言葉に、「えっ、馬!?」と、問い返す健太。

「踏み台になってってこと！」

健太は言われたとおり、四つんばいになって、その場にうずくまる。

すると、美希は健太の背中に足を乗せ、踏み台にして、堤防によじ登った。

そのまま真実のあとを追い、ジャンプして、海岸へと下り立つ美希。

「えっ!?　ちょっと待って。美希ちゃん、ぼくはどうなるの!?」

ひとり堤防の前に取り残された健太は、その場でぴょんぴょん跳ねながら叫んだ。
その目の前にスルスルとロープが下りてくる。
「真実くんが持っていたロープよ。太い木に縛りつけてあるから、健太くんはこれを使って登ってきて」
堤防の向こうから、美希の声が聞こえた。
「ありがとう、美希ちゃん」
健太は笑顔になり、「よいしょ……」と言いながら、ロープを使い、堤防の壁をよじ登りはじめる。

そのころ、真実と美希は、ひと足先に堤防を越えた向こう側の海岸に立っていた。
そこは切り立った崖に囲まれた海岸で、夕暮れ迫る砂浜には、ところどころにゴロゴロした岩や流木があり、もやが立ち込めている。
まるで地獄のような、ぶきみな景色——。
そこには、阿久磨島をかたどった看板が立てられている。看板には「心のふるさと　阿久

磨島」――と、不似合いなキャッチフレーズが書かれていた。

「ここが……『人食い浜』？　確かに景色はぶきみだけど、ふつうの海岸よね」

あたりを見回しながら、美希がつぶやく。

真実は注意深く周囲を観察しながら慎重に歩みを進めていた。
一方、美希は海のほうへ向かってずんずん歩いていく。
「待って！　急ぐのは危険だ！」
真実はそう言って、美希のあとを追いかける。そのとき――。

「きゃああっ!!」

突然、美希が悲鳴をあげた。
美希の足元では、さっきまでふつうの砂浜だった場所が、まるで荒れた海のように激しく波打っている。
あたりには、シューという音が響いていた。今にも砂浜から悪魔が現れてくるかのようなぶきみな音だ。
砂はまるで液体のようになって、ぶくぶくと泡立っている。
底なし沼のようになった砂浜に、美希はのみこまれ、もがいていた。

「美希さん！」
真実は美希に駆け寄り、助けようとした。
手を伸ばし、美希の手をつかもうとした、その瞬間――。

ズブリ！

片足が砂の中にめり込んだ。
真実の体は、そのまま一気に砂の中へと沈み込んでいく。
「こ、この砂浜は、もしかしたら……？」
砂浜の正体に気づいた真実。だが、すでに遅く――激しく波打つ砂は、真実をズブズブとのみこんでいった。
一方、健太はロープをつたい、ようやく堤防の上にはいあがった。

「えっ!?」

目の前の光景を見て、健太はがく然とした。
生き物のように波打つ砂浜。
その中で、真実と美希がもがいていた。
「砂が水みたいになってるの！　助けて！」
砂の海に溺れそうになりながら、美希は泳ぐように手をバタつかせている。
真実も、すでに首まで砂に埋もれ、必死ではいあがろうとしていた。

「真実くん!!　美希ちゃん!!」

健太は堤防から飛び降りて、ふたりに駆け寄ろうとしたが――。

「来るな!!」

真実の叫び声に足が止まる。

「こ、この砂浜は……」

真実は何かを健太に伝えようと口を開いたが、その瞬間、砂が口の中に入り、ゴホゴホッとせき込む。

真実は最後の力を振りしぼると、メロンソーダのペットボトルを掲げ、それを健太の足元めがけて投げた。

「し、真実くん!?」

メロンソーダのボトルを拾い、健太は真実を見やる。

「……」

しかし、真実は何も答えられない。

せき込んで苦しげな表情を浮かべたまま、真実は砂の中へと消えていった。

「健太くん、お願い、助け……て……」

かたわらでもがいていた美希も砂の中に消え、ふたりの姿は見えなくなる。
やがてあたりに響いていたシューというぶきみな音も消え、しんと静かになった。
「真実くん!! 美希ちゃん!!」
健太は叫んで駆け出していく。
「どこ!? どこにいるの!?」
健太はぼう然としながら、砂浜の真実と美希が消えたあたりまでやってきた。
さっきまで液体のようだった砂は、硬くしっかりした、ふつうの砂に戻っている。
「真実くん! 美希ちゃん!」
ふたりを掘り出そうと、健太は必死で砂をかきはじめる。
しかし、砂はすぐに崩れてきてしまい、うまく掘れない。
それでも健太は、夢中で掘り続けた。
——そのときだった。
あたりが急に明るくなる。
「えっ、何!?」

驚いた健太は、ハッと顔をあげて、凍りついた。
海の上を漂うもやの中に、黒々とした巨大な影が現れたのだ。
それは、大きな2本のツノを生やしたぶきみな影――悪魔の顔だった。
漂うもやとともに、巨大な悪魔の顔がゆらゆらと揺れながら、こちらに迫ってくる。

「うわあああっ!!」

健太は叫び声をあげながら、その場から駆け出した。

「悪魔だ！　やっぱりこの海岸は、悪魔の棲む海岸だったんだ!!」

そのまま転がるような勢いで堤防をはいあがると、健太は海岸から逃げ出していった。

気がつくと、健太は知らない場所にいた。

（……ここ、どこ？）

あたりは、すでに暗くなっていた。

「真実くん……美希ちゃん……」

健太の頭に、真実と美希が、もがきながら砂の中に消えていく姿が、スローモーションのようによみがえる。

（ふたりがあんなことになったのに、なんでぼく、逃げ出したりしたんだ!?）

後悔がドッと押し寄せてきて、健太は居ても立ってもいられなくなった。

（海岸に戻らなきゃ……！）
健太はきびすを返し、来た道を引き返しはじめる。
（真実くん、美希ちゃん、待ってて！　今、助けに行くからね！）
心の中で叫びながら、健太は足早に歩いた。

しかし、行けども行けども、砂浜は見つからない。
（どっかで道を間違えたのかな……？）
あたりを見回すが、そこにあるのは闇、闇、闇――。
「砂浜はどこ!? どこにあるの!?」
健太はあせりながら、やみくもに走った。

どれくらい走り続けたのだろう……？
健太は、ゼーゼーと息を切らしながら立ち止まった。
歩いても、走っても、海岸にはたどり着けない。
「真実くん……美希ちゃん……」
ふたりの名をつぶやき、健太はせつない思いをかみしめた。
悪魔の棲むあの海岸に、ふたりはのみこまれてしまったのだろうか？
（だとしたら、もう……）
健太の目からは、涙が今にもあふれそうになった。

しかし、健太はグッと歯を食いしばってこらえた。
（泣くもんか！）
健太は、涙をぬぐおうとして、握りしめていたメロンソーダのペットボトルに気づく。
それを見て、健太はハッとした。
（真実くんは、このメロンソーダを最後にぼくに投げた……どういうことだろう？）
よくはわからないが、とにかく何かのヒントに違いない、と健太は思った。
（きっと真実くんは、ぼくにこのナゾを解いて、助けてほしいと言いたかったんだ！）
ふたりは絶対に生きている。とにかく助けに行かなくては……と、健太は心の中で強く思った。
健太は重い足を引きずって、ふたたび歩きはじめた。
一晩中、歩き続け、ふと気づくと、あたりはもう白みはじめていた。
（もうすぐ夜が明ける……？）
健太が空を見上げた、そのとき——。

自分のまわりをパタパタと飛び回るオキナワカラスアゲハが目に留まった。
（この蝶は、あのお花畑にいた……？）
健太は食い入るように蝶を見つめ、そして、思った。
（この蝶のあとについていけば、あのお花畑に出られるかも……！）
「蝶くん、道案内を頼むよ！」
健太はそう言うと、オキナワカラスアゲハのあとを追いかけはじめた。

「やった！　着いたぞ!!」
オキナワカラスアゲハのあとを追いかけた健太は、ハイビスカスの花畑にたどり着き、そこからさらに堤防を越えて、「人食い浜」に出たのだった。
海岸には、あいかわらずもやが立ち込め、ぶきみな景色を見せていた。
しかし、健太は、もう怖いとは思わなかった。
真実たちを助ける――その思いだけで心の中がいっぱいになっていたのである。
そのとき、水平線から、まばゆい朝日が差しはじめた。

すると、目の端に2本のツノを持つ影が見えた。
健太は一瞬、ギクリとしたが、よく見るとそれは「心のふるさと　阿久磨島」と書かれた看板であることがわかった。
朝日が逆光となって、2本のツノのある阿久磨島をかたどった看板の形が、黒く見えていただけだったのである。
（この看板の形、あのとき現れた悪魔の顔と同じだ……。……そういえば、あのとき……）
巨大な悪魔の顔が出現する前、あたりが一瞬明るくなったことを、健太は思い出した。
（急に明るくなって、もやの中に巨大な影……？）
それと同じ現象を、健太は以前、どこかで見たことがあるような気がした。
（ええと、あれはたしか……そうだ、プールだ！）
以前、真実と学校の七不思議の最後のナゾを解いたときのことを、健太は思い出す。
あのとき、旧校舎のプールの霧の中に巨人の影が浮かび上がったが、実はそれは、《ブロッケン現象》と呼ばれるもので、車のライトに照らされた自分の影が霧に映っていただけだとわかった。

「……これも同じブロッケン現象？　……そうか！　あの悪魔の顔は、ライトに照らされたこの看板の影だったんだ！」

健太は、思わず声に出して叫んだ。

（あのとき、海岸には誰かもうひとりいて、うしろから看板にライトを当てていたんだ！）

怪奇現象は誰かがわざと起こしたものだ、と健太は確信する。

（人を食べるこの砂浜にも、絶対に何かトリックがあるはずだ！　よーし！　ぼくが解き明かしてみせるぞ！）

健太は元気を出すため、メロンソーダを飲もうとキャップを開ける。

すると、ペットボトルの中から、勢いよく泡が噴き出してきた。

メロンソーダのぶくぶくと泡立つ水面を見て、「あれ？」と、健太は思った。

（……砂浜で見たのと似てる！）

ぶくぶくと泡立ちながら、液体のようになって、真実たちをのみこんでいった砂浜のことを、健太は思い出していた。

（あの砂浜でも、これと同じことが起きたのかもしれない……そういえば……）

砂が液体のようになっているあいだ、シューという音が聞こえてきたことを、健太は思い出す。

「……そうか、砂浜が泡立っていたのは……そういうことだったのか」

健太の中で何かがひらめいた。

解決編
かいけつへん

「真実くんは、メロンソーダのように、何かの気体が砂浜を泡立たせていると言いたかったんだ！」

しくみはよくわからないが、この海岸は気体が混ざることによって、「人食い浜」に変わる。シューという奇妙な音も、機械が気体を噴き出す音なのかもしれない。

それならば、どこかに気体を出したり止めたりするスイッチがあるはずだ――と、健太は思った。

（それと、看板に光を当てたライトもどこかにあるはずだ……たぶん、この阿久磨島の看板のうしろのほうに……）

炭酸飲料

メロンソーダなどの炭酸飲料は、強い圧力をかけて二酸化炭素（炭酸ガス）が溶かされてボトルに封じ込められている。ボトルのキャップを開けると、一気に圧力が下がるので、溶けていた二酸化炭素が泡になって出てくるのだ。

健太はそう思いながら、看板にまっすぐライトを当てられる場所のあたりを探す。

すると、背後の草むらの中に、何やらスイッチのようなレバーがあることに気づいた。

そのかたわらにはライトがくくりつけられている。

（犯人は、このスイッチで海岸を「人食い浜」に変え、このライトを看板に当てて、悪魔の顔を出現させていたんだ！）

自分の推理が裏付けられ、健太はうれしくなり、思わず「やった～!!」と、飛び上がって大声で叫んだ。

そのとき――。

『健太くん、そこにいるのかい？』
どこからか、真実の声が聞こえてきた。

「真実くん!?　どこ!?　どこにいるの!?」

健太は叫びながら、声のするほうへ駆け寄っていく。

『……ここだよ』

真実の声が聞こえてきたのは、スイッチとライトの近くの草むらにあるパイプの中からだった。

「真実くん！　無事だったんだね！」

パイプの穴に向かって、健太は声を限りに叫ぶ。
『ああ、無事さ。美希さんも一緒だ』と、真実の声が答えた。
「人食い浜」にのみこまれた真実と美希は、砂の下につくられた小部屋の中に落ち、そこで一晩を過ごしたという。
幸い部屋には空気穴があり、ふたりは窒息せずにすんだ。
今、健太と話しているパイプが、その空気穴だという。

「……よかった……ホントによかった……」

健太は、あふれる涙をこらえきれない。
涙をぬぐうと、健太は真実に言った。
「真実くんが投げてくれたメロンソーダの意味、ようやくわかったよ！」
真実に、自分の推理を語って聞かせる健太。
するとパイプの中からは、『そのとおりだ、健太くん』という真実の声が返ってきた。

『この海岸の一部は、すりばち状の砂場になっていて、下から気体――この場合は空気を送り込むしかけになっている』

砂の下から空気を送ると、砂を持ち上げる空気の力で砂の1粒1粒が自由に動けるようになり、まるで液体のようなふるまいをするのだ、と真実は言う。

『《流動層》と呼ばれるものさ』

「人食い浜」にのみこまれたとき、真実は、すぐにそれが《流動層》であることに気がついた。そして、「気体の泡」というヒントを示すため、健太にメロンソーダのペットボトルを投げたのだ。

『すりばち状の砂場の底にはフタつきの

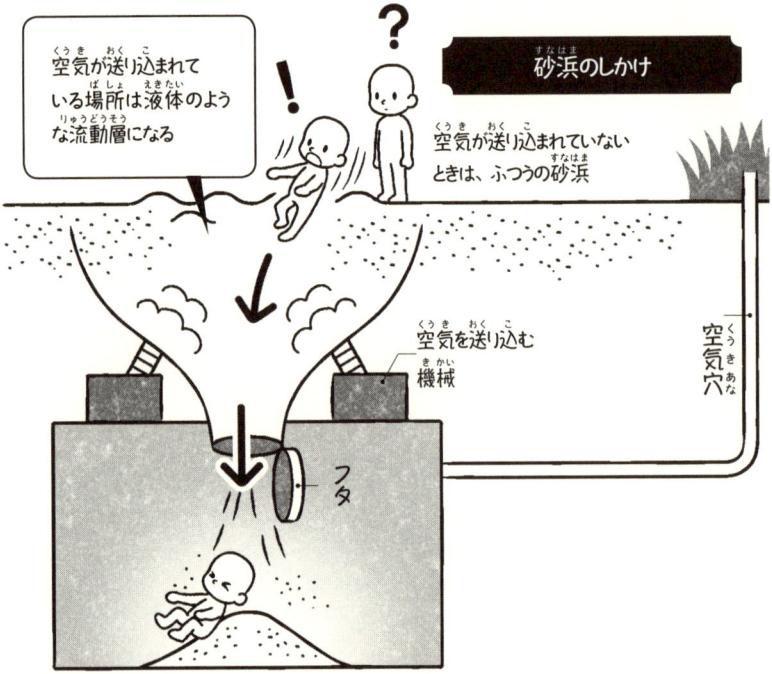

穴がある。ふだんはフタが閉じているが、砂場が《流動層》になると同時に、連動して開くようになっている。だが、そのフタは一定時間が経つと閉まってしまう』

真実たちが《流動層》にのみこまれると同時にフタが開いて、真実と美希はすりばちの底の穴を通って、下の小部屋に落ちた。だが、すぐにフタは閉まってしまい、出られなくなったという。

「じゃあ、真実くんたちを助けるには、もう一度《流動層》のスイッチを入れればいいの？」

健太の問いに、『そのとおりさ』と真実は答える。

『具体的な方法については、今から説明するよ』

真実が考えた方法に従い、健太は、ふたりの救出作戦を実行した。

まず、堤防を越えるときに使ったロープの先端に、石

液体と固体の違い

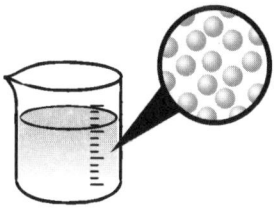

液体は分子の粒が
自由に動き回っているので
決まった形を保ったり
物を支えたりできない。

固体は分子の粒が
きっちりと並んでいるので
決まった形を保ったり
物を支えたりできる。

の重りをつけ、砂浜の上に置く。ロープの片側は、海岸の太い木に結びつけられている。
次に、スイッチを入れて砂浜を《流動層》に変え、石の重りをつけたロープを沈み込ませて、真実たちのいる小部屋に送る。
そして、ふたたび健太がスイッチを入れ、砂浜が《流動層》になっているあいだに、真実と美希はそのロープをつたい、「人食い浜」から脱出したのだった。

「やった！　救出作戦、大成功!!」

小躍りする健太。
「できれば、もっと早く救出してほしかったわね」
美希に言われ、健太はたちまちシュンとする。
「ご、ごめん……」
「ウソよ。感謝してるわ。助けてくれてありがとう、健太くん」
美希は笑いながら言う。

「キミが必ず助けに来てくれるって信じていたよ」
真実もほほえみながら言う。
その言葉を聞いて、健太は心の底から湧き上がるような喜びを感じた。
「『人食い浜』にのみこまれたおかげで、重要な手がかりを得ることができたよ」
「えっ？　どういうこと？」
「父さんの手帳を見つけたんだ」
真実はそう言うと、手にした古い手帳を健太に示す。
その手帳は、《流動層》の下の小部屋の砂の中に埋められていたという。
「きっと父さんも、『人食い浜』にのまれたんだ。そして、教団に捕らえられた。父さんはそのとき、とっさに砂の中に、この手帳を隠したに違いない」
手帳には、ホームズ学園の校章と同じマークが描かれたブックカバーがついていた。
しかし、なぜかそれは逆さまにつけられている。
真実は手帳を開いて、ふたりに告げた。
「父さんは、やはり横川さんに会っていた。横川さんから聞き取った、島民が消えたときの

ようすが、ここに書いてあるよ」
健太と美希は、真実が示した手帳のページを、
おそるおそるのぞき込んだ。

あの日、オレは昼間に漁を終えて、家に帰ってきた。
「ただいまあ」
と玄関を開けても、静まりかえっている。
「おい、誰もいないのかあ？」
声をかけても、返事がない。

妙な胸騒ぎを感じてね。
台所にやってくると、まな板には切りかけたままのネギがあった。
ガスコンロでは、味噌汁の入った鍋から湯気が立っていたんだ。
風呂かな……？
妻はいつも風呂をためて待っていてくれるから、そう思った。
風呂をのぞいてみると、湯船のお湯はたまっていたが、やはり妻の姿はない。
庭では、まだ取り込まれていない、洗濯物の白いシーツが揺れていた。
まるで家から、ついさっきまで生活していた妻だけ、蒸発したみたいだった。
胸の鼓動がだんだんと高鳴るのに気づいた。

（となりの家の人と、お茶でもしているのかな）

オレは、サンダルをはいて、あわてて30メートル先の隣家を訪れた。

だが、その家も、誰もいなくなっていた……。

妻や島民たちに、「何かが起きた」ことを実感しはじめたオレは、軽トラックに乗って、無我夢中で島民がいそうな場所を捜して回った。

だが、島の集会所にも、日用雑貨を扱う店にも、田や畑にも……人っ子ひとりいなかった。

（オレは、いま夢の中にいるんじゃなかろうか？）

そして、ばかげた考えが頭をよぎった。
オレが知らないあいだに、大きな豪華客船で、みんなで旅行に出かけたのかもしれない。
ひとまず冷静になろうと、家に戻ってみた。
すると、さっきはあわてていて気づかなかったが、テーブルの下に書き置きが落ちていた。
「教団に行きます。すぐに来てください」
と、妻の手書きの文字で書かれていた。

オレは、あわてて教団の建物に向かった。
そして妻を捜し回った。
丘にやってきたときに、ついに見つけたんだ……。
そこは教団の祈りの場とされている場所……はるか昔、島に隕石が落ちてできたクレーターを、教団が改造してつくったと聞いたことがある。
そのくぼ地に、身を潜めて集まっている島民たちの姿があった……。

「おーい！」
大きな声をあげ、オレは大きく手を振った。

だが、島民たちはいっこうにこちらを見ない。
みんな身を寄せ合って、手を組み、何か祈っているようなようすだった。
妻の姿も見つけた。必死に目をつぶって祈っていた。
「おい！　オレだ、何してる!?」
呼びかけても、妻や島民たちは、おびえて祈るばかりで、こちらに気づかない。
しきりに、何か祈りの言葉を口ずさむかのように、口元が動いていた……。
何度もくぼ地の上から手を振って、大声で呼びかけてみるが、それでも気づかない。
不思議なことに、島民たちの声もこちらに聞こえないのだ。
自分が透明人間になったような気分になったオレは、みんなに近づこうとしたが、柵があり、近づけなかった。

そして、そのときだった。

目の前で島民60人が、一瞬にして消えたのだ。

悪魔のしわざだ……。

島に封印されていた悪魔が解き放たれたのだ。

オレは、今までいっさい、悪魔や呪いというものを信じていなかった。

その罰として、悪魔は目の前で妻や島民を、一瞬にして、あの世に全員連れ去ってしまったんだ……。

ぼう然として顔をあげると、そこには、悪魔のツノのような、ふたつの山があった。

まるで悪魔がオレを見下ろしているようだった……。

横川の証言を読み終えた健太と美希は、重苦しい気持ちで、しばらく手帳の文字を見つめていた。

ようやくふたりが口を開いた。

「島の人たちは祈りを捧げるために、教団の祈りの場に集められたのね」

「そして、祈っている最中に、全員が一瞬で消えた……」

真実は、小さくうなずいて言葉を続けた。

「この手帳には、教団施設の場所も記されてあった」

真実の言葉に、
「それって、敵の本拠地ってこと？」
と、健太は問い返す。
「そこへ行けば、真実くんのお父さんに会えるんだね!?」
「会えるかどうかはわからない……でも、限りなく父さんがいる場所に近づいた気がする」
真実は力強く答えた。
そして、手帳のブックカバーをじっと見た。
「気になるのは、逆さまにつけられたこのブックカバーだ。父さんはぼくに何かを伝えようとしているのかもしれない……」

3

SCIENCE TRICK DATA FILE

科学トリック データファイル

Q.底なし沼にはまったら、どうすればいい？

「底なし沼」にはまったら？

3章に出てきた「人食い浜」は、流動層の原理を使って人工的につくったものでした。しかし、ひとたび足を踏み入れると体がズブズブと沈み込んで出られなくなる、いわゆる「底なし沼」は、日本にもたくさんあります。

「底なし沼」の地盤は、水をたくさん含んだ砂でできています。ふつうの砂地や、小さな水たまりのように見えても、踏みしめて重みをかけると地盤が崩れ、液体のようになってしまいます。

「底なし沼」の抜け出し方

もがくとどんどん沈み込んでしまうので、あわてず、次のような方法で抜け出そう。

1 足を大きくゆっくりと動かして、足を動かせるすきまをつくる。

2 沼に浮かぶようなイメージであおむけになる。

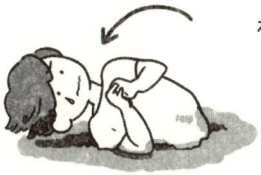

3 そのまま背泳ぎのように手を動かし岸までたどりつこう。足が沼から出たら、沼の上に大の字に寝転ぶ感じに。

※必ず大声で助けを呼ぼう!

※3章の「人食い浜」は、底があいて砂ごと下に落ちるしくみなので、この方法では抜け出せません。

人間消滅
にんげんしょうめつ

消滅した島4

事件編

手帳に書かれた手がかりをもとに、真実たち3人は、島の奥にある、教団の本拠地にやってきた。

そこには、自然あふれる島の風景とはそぐわぬ、鉄製の柵でできた大きな門があった。

門の左右には、真っ白なレンガの塀がどこまでも伸びている。

「……これって、なんか見覚えあるわよ」

門を前にして、美希がつぶやいた。

門の上の部分には鉄製の柵で飾りがつくられているが、ところどころがすでに朽ちて、中央の部分は抜け落ちている。

「……あ、これが落ちたのかな？」

健太は、地面に落ちている鉄の丸い板に気づき、裏返してみた。

それは、ふたりの天使が炎のあがるフラスコを支える、見覚えのあるエンブレムだった。

「ホームズ学園の校章だ！」

美希も、そのエンブレムをまじまじと見つめた。
「見たことあると思ったら、この門、ホームズ学園の正門とそっくりじゃないの」
「ここ、ホームズ学園と、何か関係があるのかな？」
いやな予感が健太の体を覆いつくし、心拍数を高めた。
「とにかく、入ってみよう」
真実の髪が、強い風になびく。髪ごしに建物を見すえた真実は、門のほうへ力強く踏み出した。

ギィーッ

入り口の鉄門には鍵がかかっていなかった。
真実たちは、警戒しながら門の中へと入っていく。
「建物まで、ホームズ学園、そのまんまだ……」
思わず溜め息をもらす健太。

ホームズ学園の校章
火をあがめるふたりの天使がデザインされている。仲間と支えあって、科学を善のものとして使うべきだという意味が込められている。

美希は、ガランとした敷地内を見回した。
「教団の人たちも、島民と一緒に消えちゃったってことよね」
「中を見て回ろう」
真実はそう言って、建物へと入っていく。
健太と美希もあとに続いた。
３人でひとつひとつ部屋を確認していく。
会議室には大きなホワイトボードがあった。話し合いをしていたのか、数式が途中まで解かれて、そのままになっていた。
別の部屋の机には、読みかけの本が開いたまま置かれていた。
また別の部屋には、実験途中の器材が放置されて、ほこりをかぶっていた。
（ここで過ごしていた人たちは、いったい、どこに行ったんだろう……）
健太は、とてもぶきみに感じた。
建物の裏には倉庫があった。そこには、農業用の肥料が大量に置かれていた。

「すごい量だ……」
健太の言葉に、真実もうなずく。
「この島の農作物がよく育つようになったのは、教団がひそかにこの特殊な肥料をまいていたためかもしれない」
美希が倉庫のすみを指さす。
「何かしら、あれ？」
そこには、担ぐためのベルトがついた、ポリタンクが並んでいた。容器からはチューブが伸び、先には噴射ノズルがついている。
「これ、田舎のおじいちゃんのところで見たことある！　農家の人が農薬をまくやつだ」
健太がそう言うと、真実はタンクに近づき、中をのぞいた。
「底に白い結晶が固まっているね」
美希がほかのタンクものぞいてみる。
「こっちにも同じ結晶があるわ。これって、もしかして塩じゃない？」
「……このタンクには海水が入っていたんだね。教団の人たちは、これを、島民たちの育てていた農作物にまいたんだろう」
「え、何のために!?」
「農作物を枯らすためだ」
「……そんな……」
「どうして、海水をかけると農作物が枯れるの？」
「ああ。植物の根っこは、浸透圧という作用を使って、土から水分を吸収して育つんだ。だけど、塩分を土にまくと、逆に植物の水分が土へと流れ出てしまい、枯れてしまうんだ」
「肥料を与えてよく育つようにしたり、できた農作物を枯らしたり……。ものすごく矛盾してるわね」
「ひょっとして、島にこれまで起こらなかったひどい赤潮が発生したのも……？」
「赤潮は海の栄養分が増えすぎたときに起こる。おそらく彼らが、海に過剰な栄養分をまいていたんだろう」

浸透圧
塩の濃度が違う水のあいだを、水だけを通す膜でへだてたとき、濃度がうすいほうの水が、濃いほうに流れて、両方が同じ濃さになろうとする。この力が浸透圧だ。動物や植物の細胞も、水を通す膜できているので、浸透圧がはたらく。キュウリなどに塩をかけると水が出てくるのも、浸透圧のためだ。

「どうして、そんなことを……」
「すべては島民の心を思いどおりに操るためさ。自分たちでその状況をつくりだし、悪魔のしわざだとして、島民に悪魔の存在を信じさせたんだ」
「めっちゃくちゃ極悪じゃないの」
「次々と怪奇現象を起こしたうえに、農作業や漁まで邪魔するなんて……島の人たちの大切な生活をなんだと思ってるんだろう。……いったい、教団の人たちは何者なの？」
ガランとして廃墟になった建物に放置された無数のタンクを見ながら、健太は背筋が凍った。
真実は目を伏せて、ゆっくりと話しはじめた。
「10年前にこの島に来て、30人ほどで移り住んだ『教団』……。さっき、ここの門に落ちていたホームズ学園の校章のエンブレム……。10年前といえば、ホームズ学園では、ちょうど火災が起きて生徒たちが行方不明になったころだ」

肥料は赤潮の原因のひとつ
赤潮は、海水中の栄養が過剰になり、プランクトンが異常に増えることで起こる。主な原因は、農業で使う肥料や、家庭の排水などだ。

「そんな、まさか……」

「ああ、『教団』というのは、行方不明になったホームズ学園の生徒たちにちがいない」

健太と美希は、衝撃で言葉をなくす。

「火災にまき込まれて死んだと思われた彼らは、何者かに連れられてなのか、それとも、自分たちの意思でなのか……。この島に来て、これらの工作活動を働いていたんだろう」

「そんな……ホームズ学園の生徒たちがやっていたなんて……」

健太は、陰謀のはかりしれない大きさに、溜め息をついた。

「それに気づいた父さんは、教え子たちを捜して、この島までやってきたんだと思う……」

健太と美希は、真実の横顔を見つめた。

真実は虚空を見つめ、お父さんのことを考えているようだ。

「島で起こった怪異、教団へと姿を変えた生徒たち、そして父さんの行方……。すべては、1本の線でつながっている……。島民が消えた場所に行ってみよう」

施設の裏口を出ると、そこには、なだらかな丘が広がっていた。

丘からは、悪魔のツノのような、ふたつの大きな山が仰ぎ見られる。

健太はあたりを見渡して言った。

「横川さんの話にあったのは、この丘だよね」

「でも、本当かしら？

60人もの人が、目の前でパッと一瞬にして消えるなんて」

美希は思わずつぶやいた。

真実は、何か手がかりはないだろうか、と丘全体を見渡した。

丘を上っていくと、頂上に、周囲を柵で囲まれたくぼ地があった。

「あそこが、きっと横川さんの言ってた、島民が消えた場所よ！」

３人は急いでくぼ地へと向かって走り、周囲の柵からくぼ地の中をのぞき込んだ。

「あれ……？人がいるよ」

くぼ地の底に、ひとりの白衣を着た男性が立っていた。

その人物を見た真実は目を見開き、雷に打たれたように立ちすくんだ。

「……父さん……？」

真実がポツリとつぶやいた。

そこには、なんと、真実の父・快明が立っていたのだ。

「え、ウソ……」

「真実くんの……お父さん？」

健太と美希も、その人物の姿を確認した。

それは、以前写真で見た、真実の父、その人であった。

「父さん!!」

真実が大声で叫ぶと、くぼ地に立っていた快明は、こちらを見上げた。

「真実……わずかな手がかりをもとに、よく、島まで追いかけてきてくれたね」

快明は、真実に向かってやさしくほほえんだ。

「……やっと見つけたよ……無事だったんだね、父さん！」

真実は、思わず柵から身をのりだし、快明のところへ下りようとする。

「危ないよっ、真実くん」

健太はあわてて真実の肩を押さえ、止めた。

快明のいるくぼ地の底までは、5メートルほどの崖になっている。簡単には下りられない。

「父さん、今、そっちに行くからね！」

真実は、健太が止めるのも聞かず、なおも柵から身をのりだそうとする。

健太と美希は、これほど感情的な真実を見るのは初めてだった。

「真実！　来るんじゃないっ」

一喝する快明。

「……父さん……」

真実は、快明の言葉にハッとしたように動きを止める。

「どうやら遅かったようだ。わたしも、島民たちと同じように悪魔に消されてしまうようだ……」

突然、快明は顔をゆがめて苦しみだす。

「父さん、どうしたの!?」

そのとき、強風が吹いた。

真実の髪がなびき、健太も美希も強風にあおられる。

ひとり、風をものともせず立っている快明は、苦しそうな表情で真実のほうへ手を必死に伸ばす。

そして、次の瞬間――、

快明は、一瞬にして消えた……。

「父さんっ!!」

真実は、我を忘れて叫ぶ。

健太と美希は、目の前の信じられない光景に、思わず立ちすくんだ。

「真実くんのお父さんが……消えた」

「島の人たちが一瞬で消えたときと同じ……」

ぼう然としていた健太と美希が我に返り、ふととなりを見ると、真実は力が抜けたように、柵を手でつかんだまま、しゃがみ込んでいた。

けっして弱気なところを見せず、いつも力強くみんなを引っ張ってきた真実。

そんな真実が、ひどく打ちひしがれている。

「真実くん……」

心配そうに健太と美希は真実を見守った。

（今、真実くんを支えられるのは、ぼくたちだけだ）

健太は、ギュッとこぶしを握りしめ、思わず叫んだ。

「真実くん、ほかのナゾにもトリックがあったように、このナゾにも、必ずトリックがあるはずだよっ！」

健太はそう言うと、何か手がかりはないかと、快明が先ほどまでいたあたりを見下ろした。

「……そうよ！　科学で解けないナゾはないはずよ」

そう言って美希もあたりを見回す。

ようやく真実も顔をあげた。そして、必死になってくれているふたりの横に並んで、くぼ地を見下ろした。

冷静になってよく見てみると、くぼ地の底は、土ではなく、円形の銀色の板になっていることに気づいた。

「あ、あれ……ステレンスか、何かかな？」

「本当、あそこだけ材質が違うわね」

すると、何かを感じ取った真実の目は、みるみるうちに強さを取り戻してゆく。
そして、考えをめぐらせはじめる。
「そういえば……何かおかしかった。……強風が吹いたとき」
「あ、すごい風が吹いたね、さっき」
「そのとき、ぼくの父さんに少し違和感がなかったかい？」
健太と、美希はじっと考える。
美希がハッとしたように言う。
「そうだわ！　強風が吹いたとき、真実くんのお父さんの服や髪が、なぜか、いっさいなびいていなかった」
健太は、美希の観察力に驚いた。
「ひとりだけ、強風をものともせずに立ってたわ！」
真実は、美希の言葉を聞き、うなずいた。
「さっき、ぼくらが見ていた父さんは……幻かもしれない」
「幻？　それじゃ、本物は別の場所にいたということなの？　真実くん」

「そのとおり。キミたちのおかげで、ナゾは解けたよ」
真実は、健太と美希にほほえみかけ、言葉を続けた。
「科学で解けないナゾはない。島民が消えたナゾも、さっき父さんが消えたナゾも、悪魔のしわざなんかじゃない！　本物はちゃんと別のところにいるはずだ！」
いつもの冷静さを取り戻した真実は、そう強く断言した。

風が吹いても
影響を受けない場所……
父さんや島民は本当は
そこにいたんだ。
それは、どこだろう？

解決編
かいけつへん

「あの地面の下に、その答えがある」

そう言うと、真実はくぼ地の底にある円形の銀色の板を指さした。

「地面の下に？」

「そう、あの下は、きっと空洞になっている。父さんは本当はそこにいたんだ。銀色の板は、空洞のフタなんだ。丘のどこかに、その空洞への入り口があるはずだ」

真実、健太、美希の3人は、丘をくまなく探した。

「こんなところに、人が掘ったような、大きな横穴があるよ！」

丘のふもとで、健太が横穴を発見した。

「きっとここが、地面の下の空洞への入り口だ」

真実を先頭に、3人が穴の中を進むと、突き当たりには鉄のドアがあった。

（この先に、何があるんだろう？）

緊張する健太。

真実がドアノブを回すと、あっけなくドアは開いた。

そこにはキラキラと光る空間が広がっていた。

（え、何これ!?）

まぶしさに目をつぶる健太。

（丘の下に、こんな空間があったなんて……）
「すごい、全面鏡張りよ……」
美希は、ぐるっと内部を見回した。
「しかもこの空間、卵を横にしたような、ヘンな形になってるわね」
真実は、空間の中央の部分まで進み、天井を見上げた。
天井には銀色の金属製の板が、フタのようについていた。
「ここにボタンがあるわ！」
美希が壁にボタンを見つけた。
押すと、スーッと天井が開き、青空が見えた。
「あっ、あそこ、さっきぼくらがいた場所だ！」
「この空間は、巨大な凹面鏡が2枚合わさってできている。この真ん中に立った人物が、鏡の反射の作用で、あの天井の場所に立っているように見えるのさ。このしくみを、『ボルマトリクス』というんだ。すべては鏡がつくりだした幻だったんだ」
「島民が消えたときも、きっとこのしかけを使ったのね！」

「鏡の作用か……それで漁師の横川さんが島民を見つけたとき、いくら話しかけても、横川さんに気づかなかったんだね」

「そのとおり。さっき父さんが現れたときも、まわりは風が吹いているのに、服も髪も揺れていなかった。マイクやスピーカーで、あたかも、あの場でぼくらと話しているかのようにしていたんだろうね」

「それにしても、すごい情熱

ボルマトリクスを使ったしかけ

3 D 用の眼鏡などを使わなくても、立体の像を見せることができる。

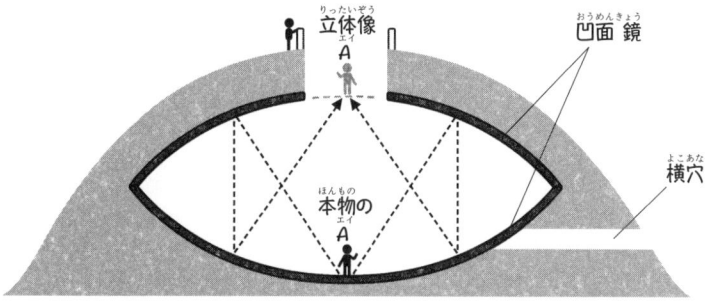

光を凹面鏡の中で何度か跳ね返らせてAが空中の鏡の上に立っているように見せている。

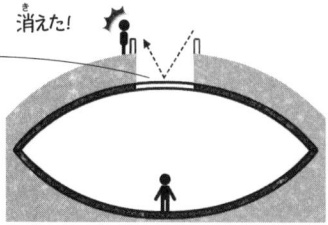

天井板が閉じることで、
下から光が来なくなり、
立体像が消える。

ね。島民が一瞬で消えたように見せかけるために、地下にこんな巨大な装置までつくるなんて」

そう言いながら、美希は溜め息をつく。

「なんで、彼らはそこまでして……」

健太は途方に暮れた。

そのときだった。

奥にあったドアが開き、何者かが入ってくる。

白衣姿の紳士……快明だ。

「真実くんのお父さん……無事だったのね！」

美希と健太は、ホッとして真実を見た。

しかし、真実だけは身を固くする。

笑顔で近くに寄ってくる快明。

「わたしは幻ではない、本物の父さんだよ」
そう言って苦笑する快明。
「みごとだったぞ、真実。ごめんよ、おまえの実力を試してみたかったんだ」
快明を見すえていた真実は、ゆっくりと口を開いた。
「……父さんは、何のために、ぼくを試したりしたの？」
「ああ、うん……」
うなずいた快明は、続けて、ゆっくりと話しはじめた。
「真実、おまえなら、もうわかっているだろう？　島で起こっていた怪異は、すべて教団の自作自演。父さんたちがやっていたんだよ」
思わぬ告白に、健太と美希は、石のように固まってしまった。
（そんな……真実くんのお父さんも、教団に加わっていたなんて）
健太は驚いて真実を見た。
だが、真実は、いつものポーカーフェースを保っていた。

ポーカーフェース
表情を変えないこと。トランプのポーカーをするとき、持ち札の良しあしを見抜かれないよう、無表情をよそおうことからきた言葉。

快明は、なおも話し続けた。

「世のものすべてに表と裏があるように、ホームズ学園にも、光と影があるんだ……。真実、これを見るんだ」

そう言うと、快明はえりにつけていたホームズ学園の校章をゆっくりと回して、上下を逆さにした。

（急に、何をしてるんだろう……）

不思議に思った健太だったが、逆さになった校章をよく見て、あることに気がついた。

ふたりの天使がフラスコを支えていた校章のデザイン――。

しかし、上下を逆さにすると、なんと、

そこには、ツノを生やし、目のつりあがったケモノのような顔――。

「悪魔の顔だ!!」

健太と美希が、大声をあげた。

「そのとおり。我々はホームズ学園の影の部分、『デビルホームズ』だ」

「デビルホームズ!?」

健太が思わず問い返すと、快明はニヤリと笑って、言葉を続けた。

「そう、校章を逆さにした悪魔の顔が、我々のエンブレムだ。我々は、科学を使ってナゾや怪奇現象をつくりだし、世界中に送り込んでいる。この島は、そのナゾをつくるための壮大な実験場だ。10年前の火災で消えたホームズ学園の生徒たちがここでナゾをつくっている。わたしが、この組織のリーダーなんだよ」

立て続けに明かされてゆく事実――。

健太と美希は、信じられないといった面持ちで、快明の言葉を聞いている。

しかし、真実は口元に手を当て、じっと快明を見すえていた。

「真実、おまえの力が必要だ。おまえの力を生かせるのは、この場所しかない。ナゾは、解くよりも、つくるほうが難しい。優れた頭脳が必要なんだ。おまえの頭脳を持ってすれば、誰も見たことがないナゾが必ずつくれる」

顔色ひとつ変えずに、耳を傾けている真実。

健太と美希は、快明の強い言葉に圧倒されながらも、真実のことを心配してじっと見つめていた。

「真実、おまえは、ごくふつうの生徒たちしかいない今の学校で満足なのか？　平凡な学校、平凡な友達、平凡なナゾを解いて、それで、本当に満足しているのか？」

真実は、快明を見すえたまま微動だにしない。

（もしかして、真実くんは、あちら側に行ってしまうんじゃ……）

健太の頭に不安がよぎった。

そして快明は、自分の腕時計を見て、真実に言った。

「時間がない。さあ行こう」
ようやく真実は、重い口を開いた。
「父さん……ぼくがプレゼントした腕時計は、まだ持ってる？」
快明は、少し間を置いてから、やさしい口調でこう言った。
「もちろんだよ。今日はつけていないけど、だいじにとってある」
その言葉を聞いた真実は、急にニヤリと笑う。

「勝負はついたね」

快明は、真実の不敵なほほえみと、強い言葉にわずかにたじろいだ。
「散歩しながら考えごとをするのが好きな父さんは、束縛されるのを何よりも嫌った。腕時計だって、腕がしめつけられるし、時間にも縛られると……大嫌いだった。だから、そんなプレゼント、ぼくはしてないよ」
快明の顔が、わかりやすく引きつった。

「自由を愛する父さんが、そんな組織のリーダーになどなるものか。おまえは、父さんなんかじゃない！　にせものだ！」

真実は、力強く快明を指さした。

快明の顔がみるみるうちに、ゆがんでいく。

健太も美希も、ドス黒い異様なその表情にゾッとする。

「ハハハハッ」

いきなり高笑いを響かせる快明。

「なんて、にくらしいやつ……ばれたなら、しかたないな」

そう言うと、顔に手をやり、変装用のマスクをベリベリと破りだした。

そして、マスクの下から現れたのは……。

4

SCIENCE TRICK DATA FILE

科学トリック データファイル

鏡でイリュージョン！

鏡を使って、ちょっと不思議な体験をしてみましょう。

鏡を使って宙に浮く!?
大きな鏡が1枚あれば、体が宙に浮かんだ写真が撮れる！

幻のサッカーボール?

鏡でつくった三角すいの中に、幻のサッカーボールを浮かび上がらせよう。

三つの頂点の部分に色をつけた正三角形の板を、三角すいの鏡の中に入れる。

正三角形の板が鏡に映り、幻のサッカーボールが浮かび上がる。

※三角すいの鏡は、ミラーシートなどを使い、底辺と高さが5対4の比率になる二等辺三角形を3枚貼り合わせてつくろう。

お金が消える貯金箱!

鏡を使えば、お金を入れても消えてしまう不思議な貯金箱がつくれるよ!

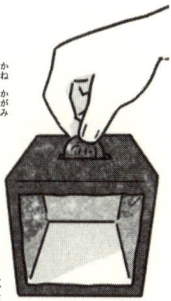

A. 昔は、鏡には特別な力があると信じられていたよ

悪魔の正体

あくまのしょうたい

消滅した島5

事件編

「まさか、どうして……？」
健太と美希は、快明の顔のマスクを持つ人物を見て、ぼう然とした。
しかし、真実だけは、何かを思い、やがて小さくうなずいた。
「そうか、そういうことだったのか……」
真実は、目の前に立つ人物をにらむ。
「あなたなら、ホームズ学園でわざと火災を起こし、その騒ぎに乗じて生徒たちを連れ去ることができた。なぜなら、あなたはホームズ学園の責任者だからだ」
真実たちの前に立っていたのは、ホームズ学園の学園長・飯島善だった。
「真実くん！　何がどうなってるの!?」
「どうして学園長がここにいるの!?」
学園長はニヤリと笑みを浮かべると、真実を見た。
「謎野真実くん。キミはやはりほかの生徒とは違うようだね」

「あなたが、デビルホームズのリーダーだったんですね」

真実の言葉に、学園長はぶきみな笑みで応えた。

「世のものすべてに表と裏があると言っただろう。わたしは探偵を育てるホームズ学園の学園長であると同時に、ナゾを生み出すデビルホームズのリーダーなのだよ」

「なぜそんなことを!?」

「一流の探偵というのは、誰にも解けないナゾを解くから評判になる。しかし、そのようなナゾはそう簡単には存在しない。だから、わたしは考えたのだよ。ナゾがないのであればつくればいいと。『大統領ドッペルゲンガー事

件』『トンネル人体発火事件』『霊界からの予言メッセージ事件』、真実くん、キミなら知っているだろう？」

「どれも、世界的に有名な事件ですね」

「そう。ホームズ学園を卒業した名探偵たちが解き明かしたすばらしい事件だ。そしてそれらはすべて我々デビルホームズが生み出したナゾだよ。わたしは10年前、火災にまぎれてホームズ学園の優秀な生徒たちをさらい、彼らに科学を使った数々のナゾをつくらせてきたのだ」

「マッチポンプ、か……」

「真実くん、それって何？」

「自らマッチに火をつけて、自らその火を消す行為。つまり自作自演ということだよ」

「何よそれ！　そんなのありえないわ。そのナゾのせいで困る人も大勢いるのよ！」

ドッペルゲンガー
怪奇現象の一種で、自分と同じ姿の、もうひとりの自分を見ること。都市伝説では、ドッペルゲンガーを体験した者は死ぬともいわれる。

「はっはっは。困る人が大勢いたほうが、探偵がそれを解いたときに深く感謝されるだろう。もっとも探偵になった卒業生たちは、わたしが陰で力になってあげていることなど知らないがね。ナゾが増えれば彼らの活躍できる場も増える。そうすれば、ホームズ学園の名声も高まるだろう」

「ふざけるな！」

真実が怒鳴った。

「あなたのやっていることは間違っている！　科学を悪用するなんて、ぼくはそんなの絶対に認めない！」

「真実くん……」

「くっくっく。これは、科学をアピールするためのショーでもあるのだよ」

「ショー!?」

「わたしはつねづね許せないと思っていたのだ。世の中の人間たちは、なぜ科学のすばらしさに目を向けようとしないのだ？　ふだんなにげなく使っているスマートフォンもパソコンも、家電製品も自動車も、すべて科学を利用したものだ。それがなくなれば、中世の暗黒時代に戻ってしまう。それなのに、世の中の人間たちは科学に感謝をしない。だからわたしは教えてやるのだよ、科学のすばらしさを。驚くようなナゾをばらまくことによって、すべての人間がもう一度、科学のありがたみを知ることになるのだ！　はーはっはっは！」

学園長の笑い声が鏡張りの部屋の中にこだました。

「ところで、謎野真実くん。キミはさっき、科学を悪用するなんて、と言ったね」

「あなたのやっていることが間違っていると思ったからだ」

「はっはっは。やはり親子だねえ。快明くんも同じことを言っていたよ」

「父さんが!?」

「わたしは島の住人を消すことで、この島を呪われた島だと恐れさせ、人が近づかないようにした。しかし、そのうわさを広めるためにわざと逃がした男……確か横川といったかな……その男から、快明くんは話を聞き、恐れずにこの島にやってきた。まあ、『人食い浜』で捕らえてやったがね。彼は捕まってもなお、わたしに実験をやめるよう言ってきたよ」

「父さんはどこにいるんだ！」

「ナゾをつくっていた生徒たちを逃がそうとしたので、この島のある場所に捕らえている。生徒たちも消えた島民たちも一緒にね」

「それはどこよ！　教えなさい！」

「そうだよ！　これ以上島で悪さなんかさせないぞ！」

「キミたち、落ち着きたまえ。この島での実験はもう終了している。快明くんのせいで、生徒たちがみな反発してわたしの言うことを聞かなくなってしまったからね。まったく、快明くんには困ったものだ」

学園長は笑みを浮かべながらも、するどく真実をにらんだ。

「わざわざ快明くんのフリまでしてキミを仲間に引き入れようと思ったが、それももう無理なようだね。ならば、この島にはもう用はない！」

バババババ！

瞬間、ごう音が鳴り響き、天井の上に広がる空にヘリコプターが現れた。

操縦しているのは、ホームズ学園の火災で生徒と一緒に行方不明になった、高名な科学者である。

「彼はわたしの協力者だったのだよ！」

縄ばしごが下ろされる。

学園長は笑みを浮かべたまま、その縄ばしごをつかんだ。

「謎野真実くん、いいことを教えてあげよう。わたしは快明くんや生徒たち、そして島民たちを捕らえている場所に爆薬をしかけた。タイムリミットは3時間。3時間以内にその場所から救いだせなければ、彼らは永遠にこの世から消えてしまうだろう」

「なんだって!?」

次の瞬間、ヘリコプターが動き、縄ばしごを持った学園長が宙に浮いた。

「わたしは優秀なキミのことが好きだ。だから、ヒントをあげよう。

『悪魔に宿りし太陽』

その場所に彼らはいる。さあて、キミは彼らを助けられるかな？」

「ゲームのつもりか！」

「言っただろう。これはショーだよ。デビルホームズはこれからもナゾを世界にばらまいていく。キミや快明くんがどう思おうがね！　運がよければ、また会おう！　はーはっはっは！」

学園長はヘリコプターとともに去っていった。

「逃げるなんてひきょうよ！」

「真実くん、早くその場所を見つけよう！」

「そうよ！　みんなを救いましょ！」

「健太くん、美希さん」

「3人でがんばれば、きっと真実くんのお父さんを助けられるよ！」

今まで、真実は数々のナゾに挑んできた。危機におちいることもあった。

だが、勇気と行動力、科学の知識、そして何より仲間に支えられて、すべてを乗り越えてきたのだ。

真実は健太と美希を見つめながら、大きくうなずいた。

「やろう。この世に科学で解けないナゾはない！『悪魔に宿りし太陽』の場所を見つけ出すんだ！」

真実たちは、外へ出た。

「学園長は、『悪魔に宿りし太陽』に、真実くんのお父さんたちがいるって言ってたよね？」

健太はまわりを見る。

しかし、「悪魔に宿りし太陽」がどこを指しているのか、さっぱりわからない。

「悪魔っていうのは、この阿久磨島のことを言ってるのかしら？　太陽が宿るっていうのは、太陽の光が差す場所ってこと……？」

美希は空を見上げた。

曇っていて、太陽は見えない。

「も～、これじゃあ太陽の光が差さないじゃない」

「真実くん、どうしよう？」

「太陽の光か……」

真実は口元に手を当てた。

「確かに今は曇っていて太陽の光が差す場所はわからない。だけど、もしかすると、『悪魔に宿りし太陽』は、本物の太陽のことじゃないのかもしれない」

「どういうこと？」

「学園長は、状況によって解けないようなナゾは出さないと思うんだ。少なくともナゾに関してはフェアな態度だと信じていいと思う。太陽が出ていようといまいと、どんな状況でも3時間で解けるナゾのはず。つまり、ぼくたちが考えなくちゃいけないのは、太陽が何を表しているか、そして、その太陽が宿る悪魔は何なのかということだ」

「悪魔……。そういえば、『デビルホームズ』のデビルは、悪魔って意味よね」

「デビルホームズのエンブレムも、悪魔の顔だったもんね」

「エンブレム……？」

真実は父の手帳を取り出し、逆さになったホームズ学園の校章――すなわち、デビルホームズのエンブレムを見つめた。

「あっ！」

真実が声をあげた。
「どうしたの、真実くん？」

「見つけたんだ。『悪魔に宿りし太陽』を！」

真実は、悪魔のエンブレムをふたりに見せた。
「天文学では、地球や太陽を記号で表すことがあるんだ。地球は『⊕』、太陽は『⊙』の記号で表される。この部分をよおく見て」
真実は悪魔の顔の上のあたりを指さした。
そこには、小さな『⊙』の形がある。
「ああっ！　太陽の記号だ！」
「ええ。確かに『悪魔に宿りし太陽』ね！」

「この太陽の記号は悪魔のふたつのツノのあいだにある。つまり、この島の悪魔のツノのあいだに、父さんたちが捕らわれているんだ！」

健太と美希は森の向こうに見えるふたつの山を見た。

真実も同じようにその場所を見た。

「父さんたちは、あの山のあいだにいる！」

真実たちは、森を抜け、山と山のあいだにある場所へやってきた。

丸い形の池が見える。

池の向こう側は、2メートルほど先でなだらかな崖になっていた。

「父さんたちを1カ所に集めているのなら、大きなスペースが必要だ。きっとどこかに建物があるはずだ」

「その建物を探せばいいんだね！建物〜、建物〜、ああ！」

健太は前方を指さした。

池のもう一方に、小さな掘っ立て小屋が立っていた。

「いくらなんでも、あれは小さすぎない？」

「とにかく見てみようよ！」

真実たちは、掘っ立て小屋の中を見ることにした。

「何なの、この小屋？」

小屋は10畳ほどのスペースがあった。そこには、さまざまな形のパイプや、長くて太いホースなどが置かれていて、すみには、重ねられたバケツもあった。

「倉庫なのかしら？　だけど何の道具なの？」

「そんなことより、早くみんなを捜そうよ！　小屋に地下室とかあるかもしれないよ」

健太と美希は小屋中を探すが、どこにも地下室の入り口らしきものはない。

「ここじゃないとしたら、あとは、探す場所はあそこぐらいしかないよ？」

健太は窓の外に広がる池を見た。

「池のどこを探すっていうのよ」
「う～ん、池の中とかかなあ」
「池の中!?」
突然、真実が小屋を飛び出した。
「真実くん、どうしたの？」
「地下室はなにも小屋の中にあるとは限らないんだ！」
真実は池のそばまで行くと、水面をのぞき込んだ。
「ああっ！」
池の底は、全体が人工的な金属の板になっていた。
池の真ん中には、色が違う丸い床があり、そこには、取っ手のついた金属のハッチが見える。
「何あれ!?」
「どうして池の中に!?」
健太がハッとして叫ぶ。

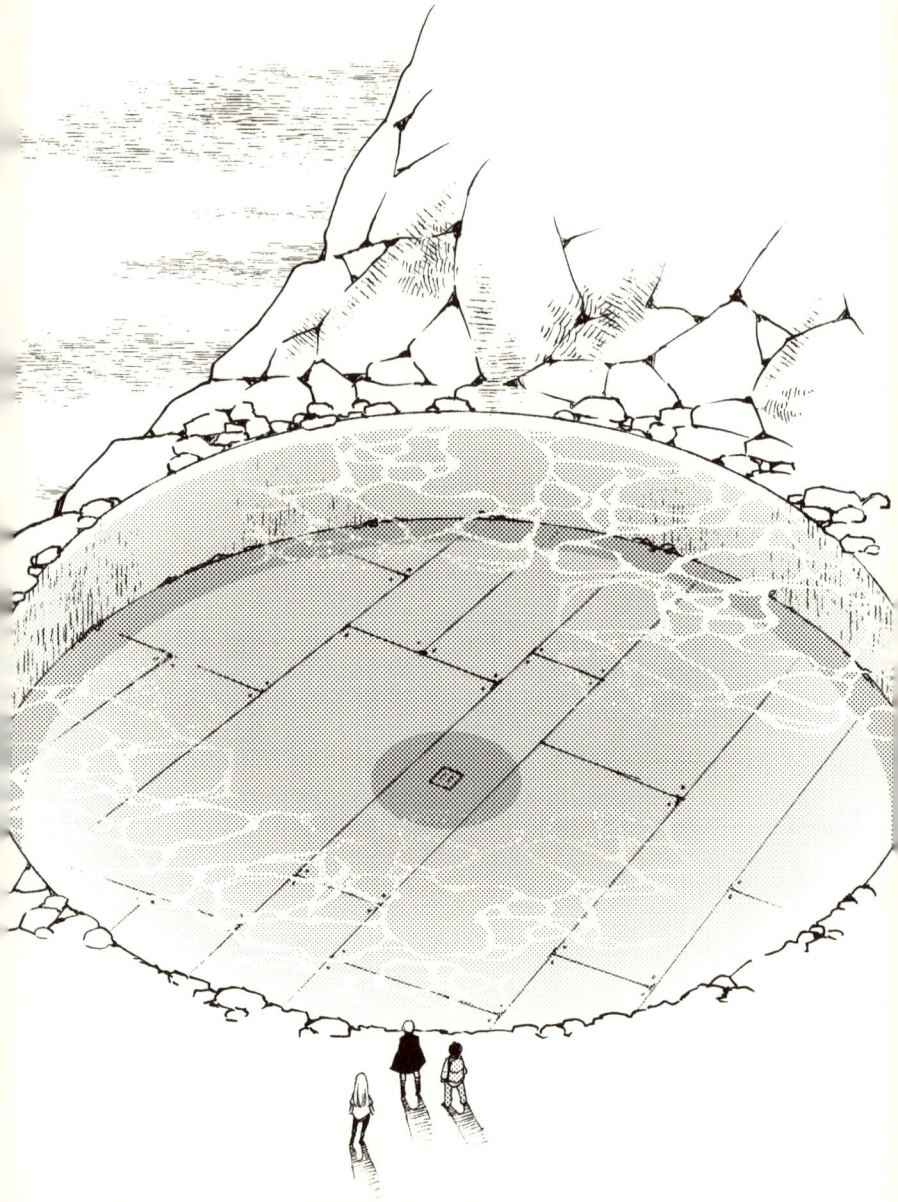

「……丸い池の中に小さな丸……。これって、太陽の記号（⊙）とおんなじだ！」

「ああ、間違いない。あそこが、父さんたちがいる地下室への入り口だ！」

「あのハッチを開ければいいんだね！　まかせて！」

「あっ、健太くん、待つんだ！」

健太は真実が止めるのも聞かず、我を忘れて池に飛び込んだ。

そのままもぐっていき、建物のハッチのそばまでやってくる。

健太は取っ手を握ると、ハッチを開けようとした。

だが、力いっぱい引っ張っても、取っ手はピクリとも動かない。

何度やってもうまくいかず、健太は息が苦しくなって、水面に戻ってきた。

「ぷは〜、だめだ〜！」

「水の中では水圧がかかる。今の状態は、ハッチの上に千キログラムの重しがのっているようなものだ。人間の力では、どうやっても開けることはできないよ」

「そんな～」
「それに、もしハッチが開いたとしても、地下室の中に池の水が流れ込んで、中にいる人が溺れてしまう」
「ああん、もう時間がないのに！」
美希は腕時計を見た。
すでに1時間が経ってしまった。このまま何もできなければ、爆薬が爆発してしまう。
「やっぱりこんなの不可能よ！　学園長にだまされたのよ！」
「美希ちゃん、あきらめちゃだめだって！　池から水を出せば、ハッチを開けることができるよ！」
「そんなのどうやってやるの!?」
「それはええっと、そうだ！　小屋の中にあったバケツを使って、水をくみ出すんだよ！」
「時間がかかるでしょ！　絶対、間に合わないわ！」

水の重さ
水の重さは1リットル（1000㎤）あたり1キログラム。たとえば、2メートルの深さにある縦横70センチメートルのハッチなら、単純計算で、ハッチの上に約980キログラムの重さの水がのっていることになる。

「じゃあ、あそこにあったホースを使って水を吸い出せば！」
「ストローじゃないのよ。吸い出すなんて無理だわ！」
「吸い出す……？」
真実は掘っ立て小屋のほうを見た。
「そうか、そういうことか。ふたりとも手伝って！」
真実は小屋のほうへ駆け出した。
「真実くん、何をするの？」
「真実くんのお父さんたちは池の中よ!?」
「小屋の中にあったものを使えば、父さんたちを助けられる！」

真実は、健太たちとともに小屋に入ると、中にあったホースやパイプを使って道具をつくりはじめた。
「ぼくと同じようにパイプにホースを付けていって」
真実はそう言うと、長さの違うホースとＴ字になったパイプを組み合わせて、先がふたまたに分かれた形の装置をつくった。それぞれのホースの先には、栓がついている。

「これと同じような装置をつくって！」

「わ、わかった！」

健太たちはそれが何なのかわからないまま、同じように次々とつくっていく。

「わたし、こういうの苦手なのよねえ」

「ぼくは工作、得意だよ！　ほらっ、できた！」

「ホースの先は最初は栓を閉めておくんだ。できるだけ多くつくって。そのほうが早く父さんたちを救うことができる！」

「でも、これでいったいどうやって!?」

健太たちは、とまどいながらもつくり続ける。

やがて、同じ形をしたものが、十数個完成した。

「できあがったものを、池に入れるんだ！」

真実は短いほうのホースの先端を池の中に入れると、もう一端の長いほうのホースを持って、崖のほうへ向かった。

真実は長いほうのホースの先端をその崖に垂らした。

「さあ、ほかのも早く！」

「う、うん！」

健太たちは、真実と同じように装置を設置していった。

「真実くん、これでどうやって救えるの？」

「まさか、このホースを池に入れるだけで、水を吸い出せると思っているんじゃないでしょうね？」

「そうは思っていない。だけど、これで吸い出せるんだよ。ある方法なら！」

真実は、池に設置された装置を見る。装置には、上から何かを入れられるようになっている。

「この世に科学で解けないナゾはない。この装置にあるものを入れることによって、池の水を吸い出すことができるんだ！」

真実の言う、あるものとは、いったい何だろう？

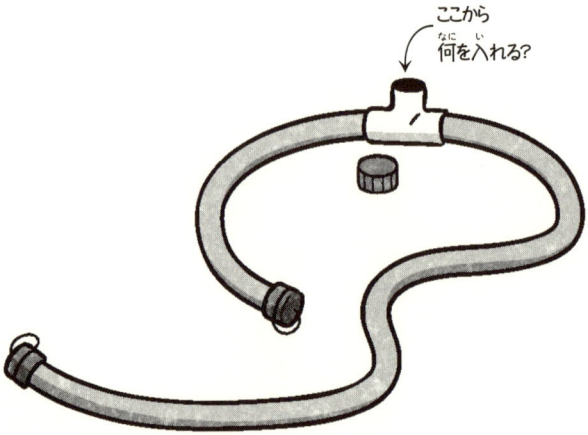

装置に入れるのは
この場所に
たくさんあるものだ

解決編

かいけつへん

健太と美希は、装置の上の部分を見た。
「ここに何を入れるっていうの？」
「水を吸い出すためにってことは、もしかして、掃除機の先端をここに入れて、水を吸い出すってことかな？」
「そうじゃないよ」
真実がふたりに声をかけた。
その手にはバケツを持っている。
どうやら、ふたりが考えているあいだに、小屋にあったバケツで池の水をくんできたようだ。
「水なんかくんできてどうするのよ？」
「やっぱりバケツで池の水をくみ出すことにしたの？」
「違うよ。この装置に入れるもの。それは、『水』なんだ」
真実は、くんできた水を装置の中に入れた。
「ホースの中を水でいっぱいにするんだ。もっと水をくんできて」

「え、あ、うん！」
真実たちはバケツリレーをして、ホースの中を水でいっぱいにしていった。
「真実くん、水を吸い出すのに、ホースの中を水でいっぱいにしてどうするんだよ？」
「健太くん、これでいいんだ。これで、水を一気に吸い出すことができる」
真実は、装置の中が水でいっぱいになると、水を注いでいたT字形のパイプの口にフタをした。そして、池の中に入れたホースと、崖の下に垂らしたホースの、それぞれ先端にある栓を外す。
その瞬間、

ゴゴゴゴオ！

崖に垂らしたホースの先から、水が勢いよく出てきた。
「すごい！　いっぱい出てきた！」
「当たり前でしょ。ホースの中が水でいっぱいになってたんだから」

美希はそう言うが、奇妙なことに気づいた。

いつまで経っても、出てくる水が減らないのだ。

「どういうこと？」

「池の水を吸い出しているんだ。サイフォンの原理を使ってね」

「サイフォンの原理!?」

真実は水を吸い出しているホースをじっと見つめた。

「サイフォンの原理は、水の吸い出し口と、吐き出し口の水位の差を利用して、水圧で水を吸い出すというものなんだ。吸い出し口のある水面より吐き出し口のほうが下にあれ

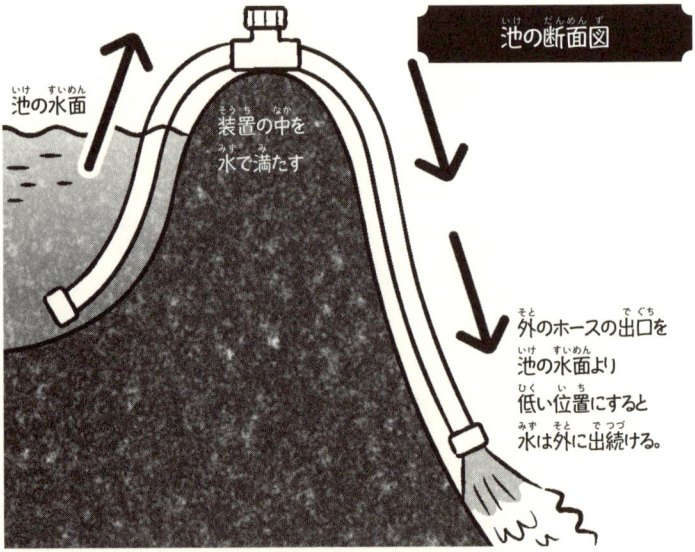

ば、水を一気に抜くことができるんだ」

「じゃあ、小屋の中にあった道具はすべてこのためのものだったのね？」

「ああ。これだけの装置があれば、時間内に池の水を抜くことができるはずだ。さあ、早く水を吸い出そう！」

「うん！」

真実たちは装置をすべて使って、池の水を吸い出した。

「真実くん！　あれ！」

見ると、池の水位が下がり、池の底にあった入り口のハッチが地上に姿を現した。

真実は急いで池の底に飛び降り、ハッチへと急いだ。

サイフォンの原理

水面の高さが同じになると水は止まる

水の入った容器に水を満たした管を図のように入れると水は低いほうに吸い出される

「父(とう)さん！」

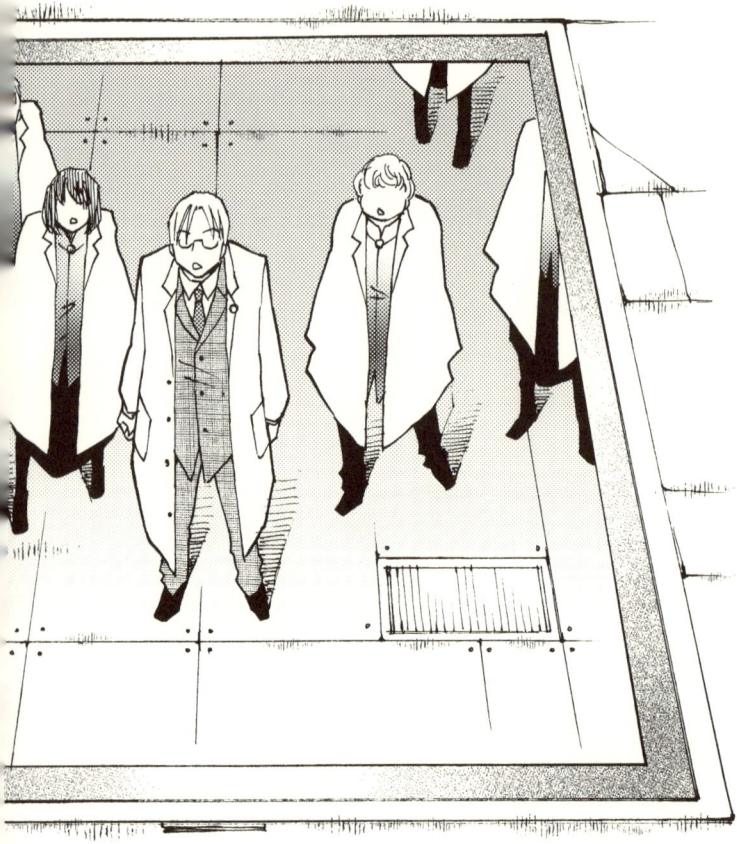

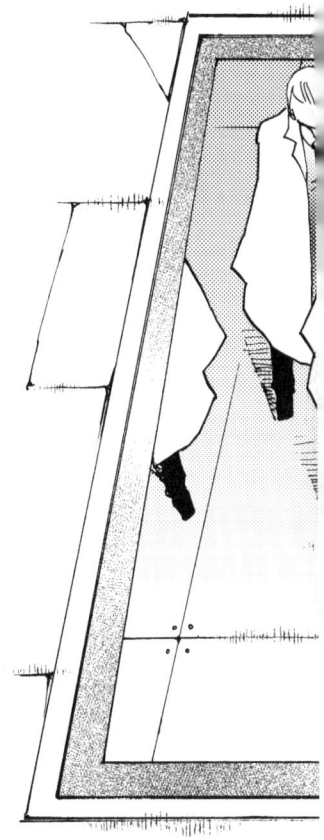

真実はハッチを力いっぱい持ち上げる。

ガチャン！

大きな音が響き、ハッチが開いた。

「**真実!!**」

ハッチの向こうに、何人も人がいる。その真ん中に、白衣を着た快明が立っていた。

「**父さん！**」

真実はついに、快明を見つけ出すことができた。

ドオオオォン　ドオオオォン

夕暮れどき。

真実たちは、快明や行方不明だった生徒たち、島の住人たちとともに、浜辺へと逃げていた。

爆発音が響き、ふたつの山のあいだから、煙が上がる。

次の瞬間、悪魔のツノのようなふたつの山は、音を立てて崩れ落ちた。

真実たちは間一髪のところで、快明たちを救い出すことができた。

「真実、よくやったぞ」

快明はとなりに立つ真実のほうを見た。

「おまえならきっとできると信じていたよ。父さんの自慢の息子だ」

「父さん！」

真実は快明に勢いよく抱きついた。
「よかった！　父さん！　父さん！　父さんが無事でほんとによかった！」
真実は人目もはばからず泣きじゃくる。
「真実……」
快明は、ほほえむと、そんな真実の頭をやさしくなでた。

5

SCIENCE TRICK DATA FILE

科学トリック データファイル

サイフォンの原理をマスターしよう!

サイフォンの原理を利用すれば、簡単に水を移動させることができます。たとえば、金魚の水槽の水を換えるときにも便利に使えます。やり方をマスターして、ふだんの生活のいろんな場面で試してみてね。

【実験してみよう】

サイフォンの原理を使って、お風呂の水を抜いてみましょう。用意するのは、1本のホースだけです。

1 ホースを湯船につけて、ホースの中を水で満たす。

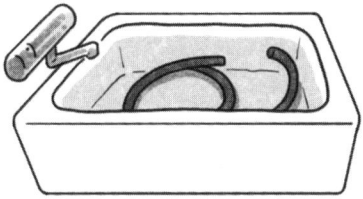

2 水の中で、ホースの片側の口を指で押さえ、水が漏れないようにして、湯船の外に出してみよう。

ホースの口の位置を湯船の水面より下にすれば、どんどん水が出てくるよ。

※ここで紹介した実験は、おうちの人と一緒にやりましょう。

A. 覚えておくと、役に立つよ

キーンコーンカーンコーン♪

「はい、今日はここまで。みんな、気をつけて帰るんだぞ〜」

6年2組の教室。

教壇に立つ、担任の大前先生がそう言うと、みんなはいっせいに帰る準備を始めた。

「は〜、疲れた〜」

健太は手を大きく上に伸ばす。

「疲れたって、授業中ずっと寝ていたではないですか」

健太に声をかけてきたのは、学級委員長の「マジメスギ」こと、杉田ハジメだ。

「寝てたんじゃないよ。考えごとをしてたんだ」

「宮下くんが考えごと？　それは珍しいですねえ」

「ぼくだって考えごとぐらいするよ」

「ほほう。いったい何を考えていたんです？」

「それは……」

（今日もずっと……同じことを考えてた……）

健太は廊下を歩いていた。

阿久磨島の出来事から、1週間ほどが経った。

花森小学校は平和そのものだ。

「あら、宮下くん」

向こうから、河合先生とハマセンが歩いてきた。

「今日は夕方から雪が降るみたいですわよ。傘かレインコートは、ちゃんと持ってるかしら？」

「ええっと、朝、用意してたんだけど、玄関に忘れてきちゃって」

「ガハハ。宮下はそそっかしいところがあるからなあ」

「職員室に予備の傘があるから、持っていくといいですわ」

「う～ん、けど降る前に帰れると思うから、だいじょうぶです」

「滑って転ばないようにしろよ～。ところで河合先生、今度の日曜、カラオケでも行きませんか？　オレ、レパートリーが10曲増えまして」

「ごめんなさい。日曜は用事があるんです。わたくし、大前先生と科学博物館に『大きのこ展』を見にいくお約束をしてて」
「大前先生と？　そ、それは、いったい全体どういうことです!?」
ハマセンは驚きながら、河合先生とともに廊下を歩いていった。
（河合先生と大前先生が休みの日に科学博物館に……？）
「これは、事件ね」
物陰からひとりの人物が現れた。
美希だ。

「来週の花森小新聞の1面は、
『スクープ！　河合先生と大前先生が博物館デート！』で、決まりね」
美希は手帳にメモをしながら、廊下を歩いていた。
空は曇っている。今にも雪が降りそうだ。
「ねえ、美希ちゃん、大前先生たちはそっとしてあげといたほうがいいと思うよ」

うしろから、健太が言う。
すると、美希は「確かにそうかもね……」と言って、手帳を閉じた。

ふたりは並んで校門を出た。
「……昔はこういうネタでもワクワクできたんだけど、最近はぜんぜん盛り上がらないのよねえ」
「どうして盛り上がらないの？」
「そんなの決まってるでしょ。真実くんといろんなナゾを解くほうが楽しかったからよ」
その言葉に、健太は小さくうなずいた。
ふと、横を見る。
いつも横には真実がいた。
だけど、今はいない。
健太は立ち止まると、思わず下を向いた。
「やっぱり、もう帰ってこないよね……」

真実は1週間前からホームズ学園に行っている。

ホームズ学園の裏の顔「デビルホームズ」の存在が発覚し、しかも、学園長がそのリーダーだったことで、学園は大混乱におちいったのだ。

「学園側は、真実くんのお父さんに学園長になってもらいたがってるのよね？」

美希も立ち止まり、健太のほうを見た。

「生徒に信頼されてるからね。だけど、真実くんのお父さんは一教師として、みんなと交流したいと言ってるらしいよ」

「凛くんのことも心配よね。お父さんがデビルホームズのリーダーだったなんて」

「真実くんがそばについていれば、だいじょうぶだよ。きっと元気になれるはずだよ」

健太は凛のことを心配しながらも、寂しい気持ちになった。

マジメスギは、健太が授業中に寝ていると言ったが、本当は、ずっと真実のことを考えていたのだ。

――毎日のように、一緒だった。

これからも、いろんなナゾを力を合わせて解いていくと思っていた。

（それなのに……）

真実はもともと、父親の行方を探すために花森小学校にきた。

父親が見つかった今、ホームズ学園に帰るのは当然だ。

（ホームズ学園で暮らすほうが、真実くんにとって、きっと幸せだよね）

健太は大きな溜め息をつく。寒空に白い息が浮かび、健太はそれを寂しそうな目で見つめた。

「その白い息の正体は、小さな水滴だ」

声がした。

健太と美希がハッと顔をあげると、前方に、真実が立っていた。

「白い息は水蒸気だと思っている人がいるけど、水蒸気は無色透明で見ることはできない。吐き出された水蒸気が、低い温度の外気に触れることによって冷やされ、水、つまり小さな水滴に変わるんだ」

「真実くん！」

健太と美希はあわてて真実のそばに駆け寄った。

「ホームズ学園に行ったんじゃないの？」

「ああ。行ったよ。そして帰ってきた」

「帰ってきたって、ホームズ学園に転校しちゃうんじゃなかったの？」

「ホームズ学園に行ったのは、混乱を落ち着かせるためだ。父さんは学園長にはならないと決めたけど、ほかの先生たちと力を合わせて学園をよくしていくことにしたんだ。凛くんもだいじょうぶだったよ。彼にはアレクサンドルくんたちがいるからね」

真実はじっと健太の顔を見つめた。

「ぼくは、これからも花森小学校に通うよ。この町には、ぼくの知らないナゾがまだまだたくさんあるような気がするからね」

「それって、明日もあさっても、ずっと花森小学校にいるってこと？」

「ああ。来週も再来週も、ぼくはずっと健太くんのクラスメートだ」

「真実くん……！」
そのとき、雪が降ってきた。
「やっぱり降り出したわね」
美希がランドセルの中から折りたたみ傘を出す。
真実も、持っていた傘を開いた。
「健太くん、傘は？」
「ええっと、持ってなくて」
「そうなんだ。じゃあ、一緒に入ろう」
真実が、傘を向ける。
健太はそんな真実を見て、笑顔になった。
「うん！　ありがとう、真実くん！」
健太は真実と同じ傘に入った。
「そういえば、真実くんが帰ってきてくれてちょうどよかったわ。雪の降る日に起きる不思議な都市伝説を最近聞いたの」

「どんな話なんだい？」
「雪の降る日だけ、ナゾの女の叫び声が聞こえる神社があるんだって。『雪女の叫び声』って言われているらしいわ」
「雪女か……。それは、おもしろそうだね」
「あっ、真実くん。今から神社に行く気だね!?」
真実はその言葉にほほえむと、人さし指で眼鏡をクイッとあげた。

「この世に科学で解けないナゾはない。
健太くん、美希さん、さあ、行こう！」

See you in the next mystery!

「科学探偵」シーズン2
第1弾

好評発売中！

科学探偵 謎野真実シリーズ

科学探偵 VS. 妖魔の村

謎野真実の元へ、山奥の村から奇妙な依頼が舞い込んだ。
その村には、恐ろしい妖魔が出るというのだ！
はたして、村に隠された秘密とは!?
「科学探偵 謎野真実」が、科学の力で事件に挑む、
新たなステージが始動する！

著者紹介

佐東みどり

脚本家・作家。アニメ「サザエさん」「ハローキティとあそぼう！まなぼう！」などを担当。小説に「恐怖コレクター」シリーズ、「謎新聞ミライタイムズ」シリーズなどがある。
（執筆：プロローグ、5章、エピローグ　原案：3章）

石川北二

監督・脚本家。脚本家として、映画「かずら」（共同脚本）、「燐寸少女 マッチショウジョ」などを担当。監督としての代表作に、映画「ラブ★コン」などがある。
（執筆：1章、2章）

木滝りま

脚本家・作家。脚本家として、ドラマ「念力家族」「ほんとにあった怖い話」、アニメ「スイートプリキュア♪」など。代表作に、『世にも奇妙な物語 ドラマノベライズ 恐怖のはじまり編』がある。
（執筆：3章　原案：5章）

田中智章

監督・脚本家。脚本家として、アニメ「ドラえもん」、映画「シャニダールの花」などを担当。監督としての代表作に、映画「放課後ノート」「花になる」などがある。
（執筆：3章〈横川の証言〉、4章）

挿画

木々（KIKI）

マンガ家・イラストレーター。代表作に、「バリエガーデン」シリーズ、「ラヴ ミー テンダー」シリーズなどがある。
公式サイト：http://www.kikihouse.com/

ブックデザイン
アートディレクション

辻中浩一
＋
吉田帆波
小池万友美
内藤万起子（ウフ）

監修　金子丈夫（筑波大学附属中学校元副校長）
編集デスク　橋田真琴、大宮耕一
編集　河西久実
校閲　宅美公美子、野口高峰、志保井里奈（朝日新聞総合サービス）

ホームズ学園校章デザイン　改森功啓
本文図版　楠美マユラ
コラム図版　佐藤まなか
本文写真　iStock、朝日新聞社
ブックデザイン/アートディレクション　辻中浩一＋吉田帆波、小池万友美、内藤万起子（ウフ）

おもな参考文献
『新編 新しい理科』3～6（東京書籍）／『キッズペディア 科学館』日本科学未来館、筑波大学附属小学校理科部監修（小学館）／『週刊かがくる 改訂版』1～50号（朝日新聞出版）／『週刊かがくるプラス 改訂版』1～50号（朝日新聞出版）／「ののちゃんのDO科学」朝日新聞社（https://www.asahi.com/shimbun/nie/tamate/）

科学探偵（かがくたんてい） 謎野真実（なぞのしんじつ）シリーズ5
科学探偵（かがくたんてい）VS.（ブイエス） 消滅（しょうめつ）した島（しま）

2018年12月30日　第1刷発行
2022年9月30日　第10刷発行

著者　作：佐東みどり　石川北二　木滝りま　田中智章　絵：木々
発行者　片桐圭子
発行所　朝日新聞出版
〒104-8011
東京都中央区築地5-3-2
編集　生活・文化編集部
電話　03-5541-8833（編集）
03-5540-7793（販売）

印刷所・製本所　大日本印刷株式会社
ISBN978-4-02-331642-3
定価はカバーに表示してあります

落丁・乱丁の場合は弊社業務部（03-5540-7800）へ
ご連絡ください。送料弊社負担にてお取り替えいたします。

© 2018 Midori Sato, Kitaji Ishikawa, Rima Kitaki, Tomofumi Tanaka ／ Kiki,
Asahi Shimbun Publications Inc.
Published in Japan by Asahi Shimbun Publications Inc.